JN306343

内田康夫

浅見光彦からの手紙

センセと名探偵の往復書簡

実業之日本社

実業之日本社文庫

『浅見光彦からの手紙』 目次

章扉イラストレーション　最上さちこ
図版作成　ジェオ

二十年目のまえがき

本書は、角川書店が刊行している雑誌「野性時代」に『軽井沢通信』というタイトルで連載された、エッセイとも創作ともつかぬ奇妙な作品を、新たに「実業之日本社文庫」として書名と装丁を替え刊行するものです。その間二十年。世の中は移り変わりましたが、浅見光彦クンだけは一貫して彼の生き方を守り続けているようです。一本気な浅見クンと、ダメ人間のセンセの二人三脚ぶりを、どうぞ笑ってやってください。

著者

まえがきのまえがき

この作品は一九九五年六月に刊行されたもので、当時の社会情勢や僕自身の身辺の状況や出版社の環境について、多少の違和感もあるかと思いますが、あえて手を加えることを避けました。それについては「角川文庫版 自作解説」で触れております。

著者

一九九八年十一月

まえがき

内田康夫

これは僕と浅見光彦クンの往復書簡です。もちろん信書はみだりに公開すべきでないことは承知しておりますが、ここに所載した通信の内容は、ある冤罪《えんざい》――と疑いを持たれている――事件に関わる部分が多く、冤罪がどのようにして発生するのか、また、それに対して被疑者がいかに無力かといったことについての、一種のケーススタディになりうる内容であることを思い、浅見クンの了解を得て発表することにしました。

ことの始まりは一九九三年春、横浜に住むIさんからの手紙でした。千葉県のKという人が殺人事件の容疑者として起訴され、一、二審とも有罪判決が出て、目下最高裁で審理中であること。明らかに冤罪と思われ、Iさんたちは「Kさんを守る会」を結成して支援活動を展開していること。ついては僕や浅見クンにも協力してもらえないだろうか――といったことが書いてありました。

正直言って、僕はこの手の「運動」については拒否反応が先に立つ性質の人間で、とくにイデオロギーが絡んだものや人々の、そういう活動には懐疑的でもあります。したがって、Iさんからの手紙を受け取ったときも、あまり読みもしないで、あやうくクズ籠《かご》に捨てるところだったのです。

ただ、Iさんの手紙は単なる印刷物ではなかった。ペン書きの文字で、切々と苦《く》衷《ちゅう》を訴えておられる様子が伝わってきた。赤の他人の「事件」に対して、七十歳のご老人がそこまで情熱を傾ける動機は、いったい何なのだろう?――と興味を抱きました。同封の印刷物を読むと、なるほど、警察の捜査に納得しかねるところもある。冤罪を生む典型的なケースかもしれない。これはちょっと捨ててはおけないかな――と思えてきたのです。

とはいっても、ただでさえ仕事が遅れている僕としては、期待されるほど動ける状態ではありません。調査はもっぱら浅見クンに頼むしかしようがない。その代わり、社会に対するアピールのほうは引き受けようということにしました。ちょうど「野性時代」の連載を頼まれていたところで、何を書こうか悩んでいた時期でもあったのです。ただし、僕はしがない推理作家ですから、発表するにしてもエンターテイメントのスタイルで、面白おかしく書かなければならない。いくら真面目《まじめ》くさったことを書いても、読んでくれなければ意味がないでしょう。

　こうして、僕と浅見クンと二人三脚の連載が始まったのです。

　本来のテーマそのものはきわめて深刻な問題なのですが、そういう理由からしばしば脱線し、能天気なことも沢山書いています。浅見クンは真面目で一本気ですから、KさんやKさんの事件に関わっている人々に対して失礼だ――と文句を言うのですが、僕は必ずしもそうは思わない。僕にとってはKさん以前に、多くの読者や出版社があります。読者あっての僕なのであって、Iさんもちゃんとそのへんのことは分かっていて、僕のような者に声をかけてくれたにちがいないのです。坊っちゃん育ちの浅見クンは、まだまだ苦労が足りませんね。

　ところでKさんの事件は、Iさんたちの支援活動も空《むな》しく、最高裁で「上告棄却」の判決が出され刑が確定しました。僕がその事件に関わってから一年半後のことです。途中、日本テレビの番組などで冤罪の疑惑が投げかけられたりもしたのですが、最高裁は聞く耳を持たなかったようです。巨大メディアがやってもそれですから、僕の雑文など、それこそミミズのタワゴト程度の効果しかなかったでしょう。雑誌連載はそれから半年近く続けて、一九九四年暮に終結しました。

しかし、Iさんたちの「守る会」はいまでも再審請求の活動を続けています。Kさんの事件ばかりでなく、ほかの類似の事件についても関わりを持っているようです。僕のような怠惰な人間には、その情熱がどこから来るのか、ただ驚くばかりです。

この往復書簡が交わされている期間には、僕や浅見クンの身辺でもさまざまな出来事がありました。「浅見光彦倶楽部《くらぶ》」が発足し、軽井沢にクラブハウスまで作ったこと。浅見クンと一緒に取材や調査に駆け回ってくれた「野性時代」編集部の高柳良一氏が角川書店を退職しニッポン放送に移ったこと。そして何よりも重大事だったのは角川春樹氏の「コカイン疑惑」でした。

人の世はうつろいやすく、儚《はかな》いものです。浅見クンと仲良しだった、わが家のキャリー嬢も、軽井沢の遅い春を待たずに、この三月十四日、十年余のいのちを閉じました。浅見クンも、いつまでも若いと思っているとつ、ついに婚期を逸したままで終わるかもしれません。あまりえり好みしないで年貢を納めるよう、誰か忠告してやってください。

一九九五年四月

軽井沢通信

一九九三年四月

冤罪事件

三月・四月の主なニュース

3月6日　金丸信・前自民党副総裁を脱税容疑で逮捕

4月12日　関西の金融機関などでニセ一万円札大量発見

28日　長崎県雲仙《うんぜん》・普賢岳《ふげんだけ》ふもとの水無川《みずなしがわ》流域で土石流が発生し、大規模の被害に

センセから浅見へ

拝啓　元気でいることと思う。今日、あるところから、殺人事件で無実の罪を着せられた人を救ってほしいという手紙がきた。膨大な資料も添えてあるが、僕には読んでいるひまがない。その点、ヒマジンのきみのほうが適任だと思うので、よろしく頼む。ついては、いちど軽井沢に来てもらいたい。なるべく早いほうがいい。お土産はどうでもいいが、できるなら、「平塚亭」の豆餅《まめもち》を頼む。

敬具

浅見からセンセへ

拝啓　奥様はお元気ですか。キャリー嬢はいかがでしょうか。当方は桜も散ってしまいましたが、軽井沢はまだ花の季節は遠いのでしょうね。お風邪など召さないようになさってください。

さて、おはがきを拝見しました。先生には申し訳ないのですが、今回お申し越しの件につきましては、お引受けいたしかねます。

ご承知のように、ぼくは決してヒマジンではありません。相変わらず原稿料の安い「旅と歴史」の仕事に追いまくられています。なにしろソアラのローンがまだたっぷり残っていますからね。

そうそう、『熊野古道《くまのこどう》殺人事件』のとき、ローンを払い終えたばかりのぼくの大事なソアラを、先生が勝手に運転して、大破させちゃったことは忘れていないでしょうね。

あの後、気前よくポンとニューソアラをプレゼントしてくれたと思ったら、何のことはない、頭金を一割払っただけだったと知って、あらためて先生の経済観念の堅固さに敬服したしだいです。お蔭《かげ》で以前よりかえってローンの金額が多いのには閉口しています。

それから、これはお願いですが「殺人事件」だとかいうような物騒な単語を書いたお手紙は、今後は封書でお送りください。わが家には口うるさい女性が二人も、監視の目を光らせていることを、どうぞお忘れにならないように。

なお、ぼくまでシブチンと思われるといけないので、「平塚亭」の豆餅は別便にて送らせていただきます。

敬具

センセから浅見へ

前略　きみが相変わらず貧乏ひまなしであり、かつマザコンであることはよく分かった。だいたい、おふくろさんや須美子嬢に頭が上がらないことを他人の僕にいけしゃーしゃーとひけらかす無神経がどうかしている。それに、葉書といえども信書である以上、みだりに覗《のぞ》き見していいはずがない。そういう理不尽に対して確固たる対応ができない、きみの弱さがつくづく情けないね。そんなことだから、いつまで経《た》っても居候《いそうろう》の身分に甘んじていなければならないのだ。

それはそれとして、今回の件については、あくまでも万障繰り合せて受諾してもらわないと僕は大いに困る。浅見という人間を僕の代理人として行かせると、先方に約束してしまったのだ。もし約束を違《たが》えるようなことになると、僕は大嘘《うそ》つきとして天下に恥を晒《さら》さなければならない。

それに何だ、「旅と歴史」の原稿書きに追われているだと？　それがどうしたというのだ。そもそもあそこの仕事を紹介して、失業中のきみを救ってやったのは、ほかならぬこの僕であることを忘れたわけではないだろうね。

　しかしまあ、そんな程度のことで恩着せがましいことを言うつもりはさらさらないが、犬でさえ一宿一飯の恩義に報いるために、織物を織って竜宮城に連れていってくれるくらいなことをするではないか。それを「平塚亭」の豆餅なんかでごまかそうという、その根性ははなはだよろしくない。

　本来なら豆餅を突き返すところだが、食いしん坊のカミさんが食ってしまった。出てくるのを待って送り返してもいいが、体調によっては何日かかるか分からないので、それはやめておく。とにかく早急に軽井沢に来るように。頼むよ、まったく。

草々

浅見からセンセへ

拝復　豆餅の件については、奥様からご丁重なお礼状をいただきましたから、先生の失敬は帳消しにして差し上げます。それにしても先生はよほど豆餅がお好きなようで、着いた途端に三つも食べて、残りも書斎に仕舞い込んだそうじゃありませんか。そんなふうに喜んでいただけるのはいいのですが、間違ってもお返しなどなさらないでください。奥様のものなら金蒔絵《きんまきえ》の箱に入れて香木のごとく珍重しますが、先生のをもらったって、庭木が枯れるくらいが関の山です。

なお、豆餅を宅急便に出しに行ったのは須美ちゃんで、彼女には先生の手紙の内容など、とても話せたものではなかったことをつけ加えておきます。

それから「旅と歴史」にご紹介いただいたご恩は片時も忘れたりはしません。先日、藤田編集長と会った時もその話が出ました。彼は「軽井沢のセンセはじつにシッカリしている」と感心していました。「仕事がない時代は、どんなに安い原稿料でもいいから、書かせてくれと泣きついてきたのに、多少、小説が売れ始めたら、さっさと背を向けて、代わりに浅見ちゃんを押しつけた」ということです。頭のいいツルは、恩返しをカメに押しつけて、竜宮城に連れていかせるのかもしれません。

どっちにしても、今回のご依頼の件についてはお断りします。先方に約束されたそうですが、僕の意向を無視してのお約束は、はっきり言ってたいへん迷惑です。

顧みると、これまでにも、何度も気儘《きまま》に事件を押しつけられましたが、それをまた、開店したてのラーメン屋みたいに、何でもはいはいと承っていたぼくが馬鹿でした。

兄には迷惑をかけるし、おふくろには叱《しか》られるし、須美ちゃんには泣かれるしで、ろくなことはありません。この調子でゆくと居候の身分さえ危なくなってきます。

どうぞぼくのことはご放念なさって、ご自分で敢然と事件解決に立ち向かってみてください。ご健闘を祈ります。

敬具

センセから浅見へ

落葉松《からまつ》の梢《こずえ》が霞《かすみ》のように緑がかって、軽井沢の春の訪れを楽しむべき今日この頃だというのに、きみの手紙を貰《もら》ったばっかりに、僕はいささかどころか、大いに不愉快だ。

そもそも藤田編集長ごときに「しっかり者だ」などと褒められても、有頂天になるような僕ではない。きみが「頭のいいツル」と賛辞を送って寄越すのは、ぼくの頭髪がいまだ生え揃《そろ》わないことに対する比肉と受け取っておこう。だいたい、きみごときが僕に「健闘を祈る」などは、十年早いのだ。

きみが事件に関わって、浅見家の人々に顰蹙《ひんしゅく》をかっているのを、あたかも僕の責任であるかのごとく言うが、それは思い違いもはなはだしい。

事件が起きるたびに、飢えたオオカミのごとく、または、もてない三十男のごとくに、何でもかでも首を突っ込みたがるのは、ほかでもない、きみ自身であることを忘れてもらっては困る。

とはいえ、いまはこんな無毛——もとへ、不毛の議論をしているときではないのだ。どうやら、僕に相談を持ちかけてきた人たちは、シリアスな冤罪事件に立ち向かっているらしい。きみと違って、暇のない僕としては、膨大な資料のごく一部しか読めずにいるが、それでも事件の重大性は十分、垣間《かいま》見ることができる。

事件というのはいまから十二年前に発生した殺人事件だ。千葉県の市原《いちはら》市で暴力団幹部のO氏が射殺死体で発見され、容疑者として同じ市原市に住むK氏が逮捕され、一、二審とも有罪判決が出て、十六年の刑で服役中というものだ。

きみみたいに、いつまでも年を取らない男には、理解できないかもしれないが、十六年は長い歳月だよ。

僕が作家になってから、間もなく十二年になる。K氏は僕のデビューの頃に逮捕され、僕が曲がりなりにも人並みな作家に成長する間、ずっと刑務所で悲嘆と絶望の日々を送っているんだ。とても他人事《ひとごと》とは思えないだろう。これがもし冤罪だったとしたら、世の中、神も仏もないじゃないか。

そういうわけだからして、とにかく大至急軽井沢に来るか、それとも直接依頼人のほうに行ってくれ。ことは一刻を争う。よろしく頼む。

浅見からセンセへ

驚きました。先生でも本気で真面目になることがあるのですね。神も仏もない――などと、もともと神も仏も信じていないひとかと思っていました。どうも、ますます先生の二面性が分からなくなりました。

常識人の言うことなら、その信憑性《しんぴょうせい》を疑うことなく、すぐにでも飛んで行きたいところです。しかし、過去の経験からいって、先生の正義感と気象庁の長期予報と経済学者のご託宣くらいあてにならないものはありませんから、ぼくも素直になりきれないジレンマがあるのです。

いつでしたか、長崎に取材に行っているとき、とつぜん、カステラの老舗《しにせ》のお嬢さんからの依頼があったから頼む——と、先生に言われて、殺人容疑で逮捕された彼女のお父さんの無実を証明したことがありました。

そのときだって、ぼくの報告をいかにもつまらなそうに聞いていたくせに、その後すぐに『長崎殺人事件』だなどという小説に仕立てて、けっこう稼ぎまくっていたじゃありませんか。

そういえば思い出しました。ホテルでカンヅメ生活しているのだが、さっぱり書く材料がない——とか言って、ぼくを広島県までネタ探しに出張させたこともありましたよ。そこで起きた事件を僕に解決させておいて、その話を材料に『鞆《とも》の浦殺人事件』をお書きになったこと、よもや忘れてはいないでしょうね。

それから『上野谷中《やなか》殺人事件』のときだってそうです。男の人からの手紙で相談を受けた、彼の無実を証明してくれ、社会正義のためだとか言って、ぼくをこき使って、それをみんな小説のネタに使っちゃうのだから、呆《あき》れるばかりですよ。

ぼくが苦労して、なんとか兄やおふくろに知れないように、ひた隠しに隠しているのに、そのたんびに、あんなふうにバラされたんじゃ、たまったものではない。お願いですから、これ以上、先生の気まぐれに巻き込まないでくれませんか。ほんと、くれぐれもお願いいたします。

センセから浅見へ

前略　浅見ちゃんよ、きみが憤慨するのはよく分かります。もっともなことです。

僕もたしかに、ときには阿漕《あこぎ》なことをしたかもしれない。しかし、それは食わんがため、生きんがための、心ならずものことであると分かってほしいなあ。

だいたい推理作家なんていうのは、文壇の中にあっては、きわめて地位の低い存在で、しかも女性にもてない。宮本輝氏や高橋三千綱氏、村上龍氏などが女性ファンに囲まれ、モテまくっているのを、遠くから指をくわえて眺めているのは、みんな推理作家だと思っていい。

それに、公的な賞の対象になることもない。赤川次郎氏など、十年間も高額納税のトップを走っていることや、読書ばなれが懸念されるこの時代にあって、多くの老若男女に夢のあるミステリーを送りつづけていることからいっても、とっくに国民栄誉賞をもらってもおかしくないだろう。野球や柔道の選手がもらって、なぜ赤川氏がもらわないのか、不思議だとは思わないかね。

まして、僕ごとき、もの書きの端くれなどは、せめてせっせと原稿を書くしか生きる道はないではないか。

そこへゆくと、きみの浅見家は、亡きお父上は大蔵省の局長だったし、お兄上は警察庁刑事局長、お母上は良妻にして賢母でいらっしゃる。きみにいたっては、栄えある居候暮らしを十年もつづけて、いまだに嫁の来手がないという、羨《うらや》ましくも優雅な生活を楽しんでいる。

その幸福のほんの一かけらでもいいから、冤罪の恐怖に喘《あえ》いでいるK氏に分けてやろうという気持ちにはなれないものかね。

こんなことは言いたくはないのだが、そもそもK氏を冤罪――だと仮定してのことだが――に陥れた警察の、しかも刑事の総元締は、ほかならぬきみの兄上なのだ。その家の居候たるきみにも、責任の一端がないとは、断じて言えたものではない。

いや、そういう厭味《いやみ》を言いあっても仕方がない。

あれから少しばかり資料を読んでみたのだが、義務感だの正義感だのを抜きにしても、今回の事件ストーリーは、きみの野次馬根性を刺激せずにはおかない、じつに奇妙な内容であることは保証するよ。

一人の平凡な社会人が、ある日突然、身柄を拘束され、あれよあれよと言っている間に刑務所に押し込められる経緯は、かつてフランキー堺が演じた『私は貝になりたい』を彷彿《ほうふつ》させるものがある。K氏か警察か、どちらの言い分が正しいのかはともかく、その真実を見きわめようとしないことは、人の道に反する。「野性時代」を毎月買わないのに匹敵する、ほとんど、罪悪そのものと言わざるを得ない。

いい返事を期待しているよ。

草々

園遊会

一九九三年五月

五月の主なニュース

4日　カンボジアで日本のPKO要員が襲撃され、五人が死傷。初の犠牲者を出す

15日　Jリーグが開幕

23日　アメリカで起きた日本人留学生射殺事件に、無罪判決

カンボジア制憲議会選挙実施

センセから浅見へ

拝啓　すっかり春めいて、軽井沢でも南向きの斜面では、早咲きの品種なのかツツジが花をつけている。カラマツはまだ芽吹きが始まったばかりだというのに、逞《たくま》しいものだ。浅見ちゃんも、遅咲きながらそろそろ花を咲かせたらどうかね。

　ところで、このあいだ総理主催の「芸術文化関係者との懇親のつどい」とかいう園遊会に行ってきた。僕はどうでもよかったのだが、カミさんが行ってみたいというので、仕方なしに出かけた。うちのカミさんは美人なだけが取り柄のミーハーで、どうも困ったものだ。もっとも、こういうチャンスはめったにないのだから、後学のためにいちど見ておくのは悪くない。僕ぐらいの文化人ともなると、ちゃんと招待されるが、きみなどは二・二六事件でも起こさないかぎり、永久に入れないところだろう。

　イモを洗うような——という形容は、この日のために用意されていたに違いない。官邸の正面玄関から入って、国会議員諸公の出迎えを受けながら中庭に抜けると、サーカスでも始まりそうな巨大テントを張って、その下にイモ——いや、芸術文化関係者たちが蝟集《いしゅう》している。とにかく大変な人数で、日本の文化の未来は明るいと思わせるものがあった。

テントの周辺には模擬店が並んで、寿司《すし》や焼き鳥、茶そば、おでん、スモークサーモンから団子、トコロテン等々、よりどりみどりだ。

われわれは昼飯抜きで軽井沢くんだりから出かけて行ったもので、早速寿司屋の前に行ったら、「もうしばらくお待ちください」と断られた。考えてみれば、総理の挨拶《あいさつ》も聞かないうちに、食い物に手を出していいはずがない。山住まいが長いと社会のしきたりや儀礼に疎くなるのか——とショックを受けていたら、寿司屋のおばさんが僕の胸の名札を見て「先生の本は八十五冊、全部読んでます」と言って、傷心の僕を慰めてくれた。

首相が歓迎の挨拶をしたのに続いて、なんと、あのハマコウ氏が挨拶をした。自民党の広報部長がハマコウ氏だとは知らなかった。ドスの利いた声で啖呵《たんか》みたいな演説をぶったが、国民のグッドウィルを喚起するべき立場の広報部長に、こともあろうにハマコウ氏を据えるとは、ものすごい政党だ。日本の文化の未来に一抹の不安を感じたね。

ところで、僕のファンは寿司屋のおばさんだけではないことを強調しておかなければならない。会もたけなわの頃合い、袴《はかま》姿でひと目見てそれと分かる宝塚のスターが、恐る恐る声をかけてきた。

「あの、先生のファンなんです。私たちの周り、みんなで『あれ読んだ?』とか『あなたの後、貸して』とか、大騒ぎなんです。もしお願いできましたら、サインをいただけないでしょうか?」

どうだどうだ、参ったか。恐れ入ったか。きみだけがモテると思ったら大間違いだ。女性は外見だけで恋をするものではない。問題は中身だよ、中身。

礼儀として僕もサインをねだった。彼女の名前は飛鳥裕《あすかゆう》さん。「宝塚歌劇団雪組」と書いてあった。

一緒にいたお姉さん格の京三紗《きょうみさ》さんが「彼女が副組長で、私が組長なんです」と紹介した。京三紗さんの名前から連想すると、彼女は京都に住む山村美紗さんのファンかもしれない。

どちらも魅力的で、さすがのカミさんも、その存在が霞《かす》んだくらいなものである。

宝塚に関してはまるっきり無知に近い僕だが、たぶん二人とも大スターにちがいない。

「宝塚は大劇場も新しくなりましたので、ぜひいらっしゃってください」

飛鳥裕さんは別れ際に優しくそう言ってくれた。もっとも、その後に「浅見光彦さんとご一緒に」と付け加えたのが、いささか気にはなったがね。

話はガラリと変わるが、ぼくの依頼を快諾して、Kさんの「冤罪事件」の真相を調査する気になったそうで、何よりです。きみから電話があったことを伝えたカミさんは、「浅見さんって、ほんとにいい方ねえ」としみじみ言っていた。それもこれも、僕というよき指導者があればこそだ、と教えてやった。

ともあれ、世の中には、きみのような男にも好意を抱く物好きな女性もいるらしいから、希望を捨てないで、今後は軽薄な行動を慎むようにしたほうがよろしい。

ではまた。

敬具

浅見からセンセへ

前略　情けないことです。

ぼくが東奔西走しているというのに、肝心な先生ときたら、ノコノコと園遊会なんかに出かけ、美女に声をかけられたぐらいで、鼻の下を長くしていたとは……。

嘘かほんとか知りませんが、園遊会には奥様が行きたいとおっしゃったのだそうですから、まあいいですけど。先生もいいトシなのだから、くれぐれも軽薄なことだけはなさらないでください。

それにしても、宝塚を舞台にした『薔薇《ばら》の殺人』を書いたくせに、宝塚の事情を何も知らないとは、呆《あき》れ返ったひとです。

飛鳥裕さんといえば、いまいちばん売れているスターの一人ですよ。『薔薇の殺人』の時、先生の命令で宝塚に取材に行って、はるか遠くから眺めてきましたが、ほんとに素敵なひとでした。

口の悪い先生だけど、まさか失礼なことを言ったりはしなかったでしょうね。ああ、ぼくが会いたかったなあ……いや、いまはそんな浮ついたことを言っている場合ではないのです。

例のO氏殺害事件のことですが、先生に頼まれたからというわけではなく、ぼく自身の正義感の命じるまま、事情を調べに行ってきました。

冤罪かどうかはともかく、一人の人間が十二年ものあいだ、獄中から無実を訴えつづけている現実がある以上、同じ人間として無視できるものではありませんからね。

そうそう、そのことで一言ご注意しておきますが、先生の前回の手紙で、Kさんが十六年の刑で「服役中」と書いたのは重大な誤りで、Kさんは目下上告して事実関係を争っているのですから、「勾留《こうりゅう》中」と書くべきでした。そんなのは常識なのに、推理作家のくせに何も知らないのですね。

事件は千葉県市原市で起きたものですが、今回はまず、「Kさんを守る会」のメンバーである、横浜在住のIさんを訪ねました。

Iさんはもう七十歳に近い方ですが、この事件にかぎらず、社会のいろいろなところでボランティア活動をされているそうです。どこかの誰かさんに、爪《つめ》の垢《あか》でも煎《せん》じて飲ませたいくらいなものです。

Iさんの話を聞いたかぎりでは、たしかに疑問点の多い事件だと思いました。事件の概要とこれまでの経緯を列記すると、次のようなことになります。

1、一九八一年十一月二十六日、朝七時頃、市原市金剛地《こんごうじ》で銃で撃たれた男の死体が、猟に来た警察官によって発見された。
2、男は暴力団住吉連合石井組幹部・Oさん（三十五歳）と判明。
3、捜査本部は暴力団抗争事件として捜査する一方、猟銃を持ち、Oさんからスナック「カルダン」千城台《ちしろだい》店を借りていた、カラオケスナック「カルダン」経営者のKさんを、事件直後から「重要参考人」として捜査。事件発生から半年後の一九八二年五月二十四日「強盗・殺人」の容疑で逮捕した。
4、Kさんは、五月二十四日朝七時、自宅から「任意同行」を求められたあと、午後一時四十五分に逮捕されてから、連日、十時間に及ぶ厳しい取り調べを受け、その間、「否認」を続けたものの、五月三十一日にはついに暴行を受け〈注1〉、「何もかもいやになり」六月一日、自白に追い込まれた。
5、Kさんは六月十四日に「殺人・窃盗」で起訴されてからも、「自白」を維持したが、両親や友人の励ましで、六月九日に接見した弁護士に「厳しい取り調べで自供したが、本当は殺していない」と述べるにいたった。
6、その後、Kさんは八月十七日の第一回公判以来、一貫して無実を訴えつづけ、一・二審の懲役十六年の有罪判決という不当判決〈注2〉にも屈することなく、現在最高裁に上告中である。

こういう事件なのですが、なぜ嘘の自白をしたかについて、Kさんは「連日の取り調べと、腕をねじ上げたり殴ったりという暴行を受け、肉体的、精神的苦痛が続いた」と言っています。

「頭痛が激しいので休ませてくれ」と頼んでも聞き入れてもらえず、「そんなに具合が悪いのなら、早く認めてしまえ。そうしたら休ませてやる」「早く認めれば、その分、刑も軽くなる」などと言われて、もう何もかもいやになり「どうなってもいい、とにかく早く休みたい」と思うようになった――のだそうです。

ただし、これはあくまでもKさん側の言い分で、ことに「傍線」をほどこした〈注1・2〉は被告側の見方ですので、現段階では鵜呑《うの》みにしないようご留意願います。

それから「自白を維持した」というのは、自白を撤回しなかったという意味だそうです。どうも、法律関係の用語や言い回しには、常識が通用しないものが多いようです。

　というわけで、今回はとりあえずここまで調べてきましたが、この先さらに調査を進めるべきかどうかを指示してください。

　なお、今回はボランティアでしたが、交通費等がけっこうかかります。次回はその費用の面倒だけでも見てください。ゴールデンウィークがやってくれば、ぼくも何かと出費がかさむのです。

草々

センセから浅見へ

拝復　まずはご苦労さんと言わなければならないのだろうね。とおりいっぺんの取材だが、まあ、きみの仕事としては、こんなところが限界かもしれない。
　今後の方針としては、
1、自白の信用性
2、動機は何か
3、アリバイの有無

4、物的証拠
5、凶器
等々について、一つ一つ洗い直してみることだね。

それと、きみは何かというと、二言目には費用だギャラだとうるさいが、若いうちはそんなセコいことは言わないものだ。それにゴールデンウィークがどうしたとか、いいオトナがガキみたいなことを言うものではない。休日は家に籠《こ》もり、心静かに世の移り変わりに想《おも》いをいたすとか、そういう高尚な生き方はできないものかねえ。

第一、僕のところだって、そんなに生活が楽というわけではないのだ。キャリーの食費で手一杯のところへもってきて、迷惑なことに角川書店の郡司クンがインコを二羽も買ってきたので、エサ代がばかにならない。雑誌の原稿書きだってボランティアみたいなものだ。とてもきみに回せるほどの余裕はない。まあ、ここはひとつ、世のため人のために尽くす心意気でやってくれたまえ。

敬具

浅見からセンセへ

前略　聞きましたよ、聞きました。『斎王の葬列』がベストセラーだそうじゃないですか。何が「生活が楽ではない」なものですか。インコのことだって、郡司さんに確かめたら、あれは先生に頼まれて買って行ったのだそうじゃないですか。なんでも、「インコの金は印税から差っ引いておいてくれ」と、セコいことをおっしゃったそうですね。情けない。

そんなに稼ぎがあるなら、ぼくのソアラを壊したのだって、ローンの頭金だけじゃなく、全額を弁償してくれたってよさそうなものです。

しかしまあ、過ぎてしまったことを、いつまでもグジグジ言うのはやめましょう。

Kさんの事件について、その後判《わか》ったことをお伝えします。

1、被害者のOさんと被告人Kさんとは、一九七八年四月、OさんがKさんの経営するカラオケスナック「カルダン」（千葉県大網白里町《おおあみしろさと》）にお客として来て以来の知り合いである。

2、当時、Oさんは千葉市千城台で喫茶店を経営していたが、経営が思わしくなく、Kさんに「店を八〇〇万円で売りたいが、誰か買い手がないか」と相談した。

3、Kさんの店は順調で、Kさんはもう一軒店を持ってみたいと思っていたところだったので、Oさんが借りていた千城台の喫茶店を又借りして、「カルダン千城台店」にすることになった。

4、その際、OさんとKさんは「経営委託契約書」を交わしており、店を辞める場合は「三ヵ月前に申し出ること」などを取決めた。

この他、OさんとKさんの付き合いというと、Oさんの奥さんが自宅でスナックを始めた時に、Kさんに招待状がきたので祝儀を出したことと、千葉県の土気《とけ》で「クリスタル」という店を開店した時に花輪を贈ったり、千城台の店の正月用のお飾りを付き合ったりといった程度――つまりとおりいっぺんのものだったそうです。

先生にいやみを言われたためというわけではないのですが、ゴールデンウィークも結局家でゴロゴロ、心静かに世の移り変わりを眺めて過ごしました。明日はいよいよ千葉へ行って、事件の核心に迫るつもりです。

草々

一九九三年七月

市原警察署

六月の主なニュース

9日　皇太子殿下・雅子さまご結婚

18日　宮沢内閣不信任案可決、衆院解散

新党さきがけ、新生党結成へ

29日　ゼネコン汚職摘発、仙台市長収賄、大手ゼネコン首脳六人を贈収賄容疑で逮捕

七月の主なニュース

12日　北海道南西沖地震

18日　衆院選挙、三新党躍進。「五十五年体制」崩壊へ

23日　ゼネコン汚職で茨城県知事を収賄容疑で逮捕

浅見からセンセへ

前略　梅雨が明けたとたんの猛暑で、街に出る気がしません。今年もまた、軽井沢の先生がうらやましい季節の訪れです。

　昨日、千葉県の市原警察署へ行ってきました。東京からそう遠いところではないのに、千葉県にはわりと行く機会がないものです。たしか五年ばかり前に白浜へ釣りに行ったのが最後だったような気がします。そのころとはずいぶん様変わりして、ことに幕張《まくはり》付近は大きなホテルなどが建ち、まるで別の世界のような発展ぶりでした。先生も軽井沢なんかに引っ込んでばかりいないで、たまには下界の様子を見学しないと、時代から取り残されてしまいますよ。

　さて、先生に命じられたように、市原署に行ってきました。市原署は京葉工業地区の産業道路沿いに建つ、まだ新しい瀟洒《しょうしゃ》な三階建てのビルでした。一階は交通課で、五、六人の警察官がたむろしていました。交通違反の常習者である先生は慣れっこでしょうが、僕は何度来ても、警察の雰囲気はあまり好きになれません。

受付がないので、壁の案内図を見て刑事課の場所をたしかめ、二階に上がりました。廊下をウロウロしていたら、制服の警官が親切に「刑事課にご用ですか？　そこのドアを入ると、右に受付がありますよ」と教えてくれました。警察も、僕みたいに見るからに善良そうな市民に対しては、優しいのだな——と、つくづく実感できました。

とはいうものの、刑事課のドアを入るときは、やはり緊張するものです。室内には七、八人の刑事がいて、電話をしたり新聞を読んだり打合せをしたりワープロを打ったり（刑事もワープロを打つのですねえ！）していました。全員が私服ですから、やたら声が大きいのと、ごつい男ばかりであることを除けば、市役所の雰囲気とそう大して変わりはありません。

僕がドアのところに佇《たたず》んで、そういう風景を眺めていると、三十歳くらいの刑事が気がついて、「えーと、もう用件は承っていますか？」と問いかけてくれました。

「じつは、『K——事件』に関して、事件捜査に当たった刑事さんに会って、お話をお聞きしたいのですが」というと、「『K——事件』？……ちょっと待ってくださいよ、自分はまだ来て間がないから」と奥のほうの、少し年長の刑事に訊《き》きに行って、用件を伝えると、二番目の刑事が出てきて、「何年くらい前の事件？」と訊きました。

「もう十二、三年になります」

「うーん、十二、三年前となるとねえ……それ、殺人事件？」

「はい、そうです」

「そうしますとね、資料はたしかにあると思うんですけどね、もう倉庫のほうに入ってしまっていて、探すのがちょっと困難なんですよ。そうなるとですね、県警本部の捜査一課にですね、いちど電話をかけてみたほうがいいと思うのですが……」

といったようなやり取りをしていると、奥の応接セットで新聞を読んでいた、目つきの鋭い中年の刑事が二番目の刑事に声をかけました。

「〇〇くん、何年前だって？」

「十二、三年前だそうですよ」

「じゃあ時効にはなってないな。どの事件だって？」

「『K——事件』だそうです」

「『K——事件』？　そんなのあった？」

「いや、私は知らないんですがね」

「あんた、『K――事件』てどんな事件？」

中年刑事は立ってきて、僕に訊きました。刑事がまっすぐこっちを見る目は、とても怖いものですね。僕は情けないことに、オタオタしながら、「あの、スナックの経営者が、お客の暴力団員を射殺したという事件です。スナックは大網白里町にあるのですが」と答えました。

「ああ、そういえばそんなような事件、聞いたことがあるけど……それ、こっちじゃないでしょう」

「いえ、資料には市原署とあります」

「そうかな？……暴力団員を飲食店経営者が射殺したっていうやつ？」

「そうです、そうです」

「いや、千葉かどっかじゃねえの？」

目つきの鋭い中年の刑事は、だんだん言葉遣いが乱暴になってきて、いやなムードでしたが、脇《わき》から二番目の刑事が「あれは違うかなあ、あの、麦畑であったのは」と、思い出した気配でした。

しかし中年刑事は面倒くさいのはごめんだとでも思っているのか、余計なことは言うなよ――と目配せをしてから、「とにかく、当時ここにいた人はいないよ。十二年前っていうと、いまの市原署は署長以下全員が違うからね。誰に訊いても分かんないな。似たような事件がいくつかあったけど、こっちじゃねえな。はっきりは分かんないけど、当時いなかったから」と冷淡なものです。

二番目氏は多少好意的で、「いちばんいいのは、県警本部の捜査一課に確認することです。いつ、どこで、誰が、誰を、どうしたっていうのを、あなたが持っている資料で整理してから、それで訊いてみてください。そうすれば、どの警察署かっていうのが分かりますから」と説明を加えてくれました。

こんな具合ですから、事件捜査の詳しいことだとか、K氏の取り調べに当たった刑事がどこにいるのかなんて、とても聞き出すどころではありませんでした。

以上、市原警察署での「取材」のテンマツをご報告します。それにしても、いくら十二年前だからって、人間一人が殺され、一人が被告として懲役十六年の判決を受け、いまだに自由を束縛されているのでしょう。それなのに、その事件を扱った警察署においてすら、もはやほとんど忘れ去られているというのですから、僕はやり切れなくなりました。

なお、二番目氏に言われたとおり、千葉県警本部捜査一課に電話して、同じような質問をしたところ、「現在公判中の事件については、一切コメントはできない」とあっさり拒絶されました。

意気込んで出かけたわりに、収穫と呼べるようなものがなかったことは残念ですが、そのことよりも、僕は兄がその頂点にいる、日本の刑事組織のあり方や刑事の資質といったことについて、考えさせられる結果になったのが、とても辛《つら》い気持ちです。しばらくは、いろいろ考えを整理して、またやり直したいと思っています。

草々

センセから浅見へ

拝復　市原署へ行ったそうで、ご苦労さまでした——と言いたいところだが、きみの言うとおり、収穫はゼロに等しいね。だいたい幼稚園を出たての坊っちゃまでもあるまいし、情けないことを言いなさんな。警察へ行って子守歌でも聞かせてもらうつもりだったわけじゃないだろうね。刑事がニコニコヘラヘラしていたら、かえって気味が悪い。

とはいうものの、K氏にとって、この十二年間はまったく停《と》まったような時間だったことは事実だ。ある日、突然、警察に連行された時点で、K氏の人生はまったく予想もしていなかった方向へ走り始めた。家を出るときは、奥さんに「すぐ戻って来るよ」と手を振ったのじゃないかと思う。だが、警察に着いて取調室に入って、長い勾留と容赦のない訊問《じんもん》のあげく、「殺人者」という烙印《らくいん》を押されてしまった。弁護士さんの話では、K氏はどんなに否定しても聞き入れてくれないので、（いっそ刑事が言うように、犯人であることを認めれば楽になると思った――）というところまで追い詰められたそうだ。

その時の恐ろしい記憶の中で、K氏の意識は立ち止まってしまった。K氏が刑務所の中に閉じ込められているのと同じ時間だけ、K氏の意識もまた、狭く澱《よど》んだ空気の中に閉じ込められているのだね。

十二年前といえば、山口百恵が引退したり、『窓際のトットちゃん』が大ベストセラーになったり、日航機が羽田沖に墜落したころだ。それからの千葉県は、東京ディズニーランドができ、幕張メッセができ、東京湾横断道路ができようとしている。こんなふうに社会や人々はどんどん変貌《へんぼう》を遂げてゆくというのに、K氏の意識は、恐怖と恨みと悲しみと、その他もろもろの感情がごったになった混迷の中から、一歩も抜け出せずにいるのだろう。

気の毒としか言いようがない。

しかし、そう考えるのは感傷というものだよ。冷徹で明敏な頭脳を持つ名探偵であるならば、感傷に流されて、事件の本質を見失うようなことがあってはならない。何が正しくて、何が間違っているのかを悟るまでは、公平に等距離に物事を見つめるべきだ。

——などとガラにもなく偉そうなことを言っちゃったが、正直言うと、僕だってきみの報告を読んで、心情的にはK氏のほうに同情したくなったよ。判官《はんがん》びいきということも、たしかにあるのかもしれないが、それだけではなく、「Kさんを守る会」からもらった資料にある、実際の事件捜査と一、二審裁判の経過を見るかぎり、やはり捜査する側に多少の疑念を抱かざるをえない。

僕はきみと違ってひまジンじゃないから、詳しく研究してはいないが、どうも冤罪のにおいが濃厚だね。あとはひまジンのきみに任せるが、冤罪とまではいかないにしても、捜査や裁判の過程で、証拠の認定などについて不備があった可能性は十分、ある。

何にも増して重要なのは、K氏が有罪の判決を受け、勾留中であるという現実は進行しつつあるということだ。

もしこれが冤罪事件だとしたら、いったい誰が何のためにK氏を陥れたのか——という問題も提起されなければならない。たんに、市原警察署の業績を上げることだけのために、K氏が犠牲となったというわけのものではないだろう。事件の本質は、じつはここのところにある——と僕は睨《にら》んでいるのだ。いや、少なくとも推理小説としては、そうでなければ面白くないではないか。ここのところを賢察して、頑張ってくれたまえ、頼むよ。

話はガラリと変わるが、六月に某光文社文庫が『浅見光彦ミステリーシリーズ・テレビドラマのためのキャスティング・アンケート調査』というのを実施した。要するに、今度テレビドラマ化するとしたら、俳優さんは誰にするかという話だ。応募した中から抽選で二十名に僕のサイン本を差し上げるという企画だったのだが、じつを言うと、二十名も応募がなかったらどうしようか、心配だった。ところが、フタを開けてみたら、なんと一千通を超える応募があった。どうだ参ったか。僕のサインを欲しい人がこんなに大勢いてくれるのだ。少しは尊敬してくれてもいいだろう。お宅の須美ちゃんにも言っといてよ。

で、興味深いのはその結果だ。もちろんきみ「浅見光彦」役や「雪江未亡人」「陽一郎夫妻」「須美子」役のタレントさんは誰か――も面白いが、ためしに「軽井沢のセンセ」役も募集してみたら、なんと、トップ当選はご本人――つまり僕自身という結果だった。二位は橋爪功氏で、橋爪氏は「藤田編集長」役のトップだった。彼など、まさにぴったりのはまり役だと思うのだが、それを上回るのが僕なのだから、これはすごい。もっとも、中には「加藤茶」なんていう、ばかにしたのもあったけどね。

きみの役が誰だったか知りたいだろうが、いまは教えてやらない。詳しいことは光文社文庫『浅見光彦ミステリー紀行・第三集』で紹介することになっている。ではまた。

浅見からセンセへ

どうも、先生はどこまでが真面目でどこまでがふざけているのか、さっぱり分かりません。僕がこれだけ真剣に『K――事件』の真相解明に取り組んでいるというのに、テレビドラマの人気投票に選ばれたぐらいで大はしゃぎなんかして、まったくいやになる。「加藤茶」の名前を書いた人の目は正しいと思いますよ。

ところで、真面目な話、たしかにKさんが逮捕されたいきさつを調べれば調べるほど、事件捜査に無理があったような気がしてきます。

そもそも、猟銃によって射殺された「Oさん」の死体を発見したのは警察官ほか二人で、そのとき三人は銃によるキジ撃ち猟をしに行くところだったというのからして、妙に気になる状況です。弁護士さんなどの話によると、ふつう猟に出かける際は猟犬を連れてゆくものなのに、三人は犬も連れていない。それに、野原を走り回ったというが、その形跡もないのだそうです。

もしも、発見者が警察官でなく一般人――ことに暴力団員なんかだったら、真先に疑われるのは第一発見者にちがいありません。「まず第一発見者から疑え」という捜査の常道からいっても、そうなるでしょう。警察は「発見者」の警察官に容疑を抱かなかったのでしょうか？
　その辺のことから、あらためて調査を進めてみるつもりです。警察を疑うなんて、兄の存在を思うと気の重い作業ですが、仕方がありません。また何か新しい事実が分かりましたら、ご連絡します。

センセから浅見へ

拝復　感心感心、私情や居候のしがらみに負けることなく、正義を貫こうとする姿勢ははなはだよろしい。僕も陰ながらバックアップするから、大いに頑張ってくれたまえ。
　という意味もあって、きみのファンクラブを作ることにした。『浅見光彦倶楽部』というのだが、どうかね。会長はもちろん僕だ。きみも入会したかったら、角川書店宛《あ》てにハガキで問い合わせるといいよ。

敬具

空薬莢

一九九三年八月

八月の主なニュース

3日　土井たか子・元社会党委員長が初の女性衆院議長に選出される
9日　細川連立内閣が発足
10日　甲府信用金庫女子職員誘拐、殺害事件
27日　米、四十年ぶりの不作（戦後最低）

浅見からセンセへ

前略　その後、Kさんを守る会のIさんから話を聞いたり、もらった資料などで調べを進めた結果、しだいに事件の内容が分かってきました。このあいだのお便りで先生が指摘しておられた、被害者Oさんの死体を発見した状況や実況検分についてですが、やはり、かなりの部分で怪しいようです。

まず、第一発見者の警察官は、小雨の降る中を二人の猟仲間と車で猟に来て、偶然Oさんの死体を発見したとされているのですが、おかしなことに、死体発見翌日の地元紙「千葉日報」は「オートバイに乗って狩猟に行く途中のS巡査部長が発見、一一〇番通報した。」と報道しております。「車で三人」とオートバイとでは、大きく食い違っているのです。いったい、この食い違いはどうして生じたのでしょうか？

さらに、現場からは、犯人とされたKさんの足跡どころか、被害者Oさんの足跡も見つかっていないというのだから驚きます。その代わりになんと、市原警察署長の足跡が三個も、被害者が乗って来たとされている赤いカローラの運転席側ドア付近から発見されているそうです。

そればかりではなく、警察はこの赤いカローラから指紋採取を行なっているのですが、どういうわけか、ハンドルや車についたままになっていたキー、それにドアの把手《とって》からは指紋を採取していないというのです。ずいぶん杜撰《ずさん》だし、これでどうして、この車を被害者が現場まで運転してきたと断定できるのか、妙な話です。

死体や現場の状況もおかしい。殺されたOさんの衣服にはドロボウ草が付着し、ポケットにも入っていました。ところが、現場付近にはドロボウ草など生えていなかったのだそうです。

そして、Oさんは三発の三号弾（散弾）を浴び、相当の出血をしているはずなのに、現場にはそれらしい血痕《けっこん》が残っていなかったのです。

もう一つ。現場では捜査員が何十人も展開して、遺留品の捜査を行なっています。もちろん死体の付近では、とくに念入りに作業が行なわれたはずです。そして、死体の頭の上一・九メートルのところの畑の中に、第一番目の薬莢《やっきょう》を発見しました。いや、一つしか発見されなかった——というべきでしょう。

そして、その翌日、「くまなく捜査した結果」、それも午後三時になって、死体の頭から二メートルのあぜ道の上で、ようやく第二の薬莢が発見されました。初日に綿密な操作を行なって見つからなかったものが、どうして二日目になって見つかったのか、おかしいとは思いませんか。

さらにさらに、最後の三発目にいたっては、死体発見から五日目になって、死体の足から二・五メートルくらいのヤブの中から発見されたということです。

この三つの薬莢が発見された経過は、捜査員の怠慢か、証拠の捏造《ねつぞう》かのどちらかを物語っているとしか思えません。

警察を信じたい僕の立場からいえば、まさか捜査当局が証拠を捏造したなどとは考えたくありませんから、まあ、捜査員が現場の証拠集めを真面目にやらなかったということなのでしょう。そう考えれば、現場付近に散乱していたであろう散弾を拾わなかったことも説明がつきます。

警察は死体発見当日の記者会見で、「現場付近は雨が降り続いていたが、死体はそれほど濡《ぬ》れてなく、争った跡もなかった。したがって、明け方近くに現場で撃たれたか、別の場所で殺されたあと、運ばれて捨てられたものとみてOさんの交友関係を中心に捜査している」と発表していながら、死体発見現場での血液の有無や散弾の採集など、実況検分のイロハというべき捜査を、全く怠っていたわけです。

こんないいかげんな捜査結果から、犯人を特定してしまうという、警察の強引なやりくちを見ると、冤罪の発生は当然予測されるような気がしてなりません。はっきり言って、Kさんは冤罪だと、僕は思います。

いま、こうして先生に送るレポートを書きながら、僕の気持ちは沈むばかりです。兄が刑事局長なんかでなければ、僕は警察を告発してやりたいくらいです。ではまた。

草々

センセから浅見へ

拝啓　暑中お見舞い――と言いたいところだが、今年の夏はどうなっているんだろうね。カーッと照りつけるような陽射《ひざ》しは、ほんの少しで、このまま秋になりそうな気配だ。軽井沢も避暑客の出足はよくないらしい。静寂を好む僕としてはありがたいけれど、店やホテルは大いに弱っているらしい。どうかね、たまには軽井沢に来て、英気を養ったら。きみに散財を期待するのは無理だが、枯れ木も山の賑《にぎ》わい。地元は喜ぶと思うよ。

さて、Kさんの事件だが、やっぱり思ったとおりのようだね。きみと違って僕は、居ながらにして真相を見通す神通力があるから、最初からおかしいとは思っていた。それにしても、そんなにいくつも初歩的な欠陥がありながら、一、二審とも有罪判決を下したというのが腑《ふ》に落ちない。そんなこっちゃ、裁判所では正義が行なわれないのでは――と疑いたくなるではないか。

日本の司法は世界でもトップクラスの公正さを誇っているというが、これでは信用できない。きみの報告にあった疑問の一つ一つに、警察や検察、それに裁判所はどう回答するのか、聞いてみたいものだ。

しかし、そうは言っても答えは返ってこないだろうな。「現在係争中の事件についてはお答えできない」という木で鼻をくくったようなことを言うに決まっている。

しかし、その頼りない証拠でK氏に懲役十六年の判決を下し、すでに十二年間も拘置《こうち》しているというのは驚くべきことだよ。「疑わしきは罰せず」というのが裁判の根本理念というが、まるで逆だ。「疑わしいのは、とりあえず罰する」という方針としか思えないではないか。こんなことが現実にまかり通っているのかね？　何かの間違いではないのかね？　もういちどよく調べてみてくれよ。

それとももう一つ、十六年という長い刑期そのものに疑問はないのかな？　五億円くすねて二十万円の罰金ですむというのと比較するつもりはないが、いかにも重すぎるように思える。

いまから十年ばかり前、Xという有名歌手が愛人のP子さんを殺して車のトランクに隠しておいて、自分は北海道で営業をしていたという事件があったのを憶《おぼ》えているかね。XはP子さんをソープランドで働かせ、貢がせた金を自分の家の生活費に充てていたのだそうだ。ところが、P子さんに結婚を迫られたために邪魔になり、殺しちまったという、ひどい事件だった。

どう考えても情状酌量の余地もなさそうな事件だが、それに対する判決は懲役十年。実際には九年で出所している。

K氏の事件の被害者O氏は暴力団員だそうじゃないか。暴力団員だって人間に変わりはないけれど、ソープランド嬢とどちらがかわいそうかと比較すれば、誰に聞いたって答えは決まっている。百歩譲って、同じ人格だとしてもだよ、O氏殺害の動機とP子さん殺害の動機を比較して、O氏殺しのほうが罪が重いとは考えられない。それも一・六倍もの量刑だ。

このあいだの、元プロ野球選手・江夏豊に対する判決だってそうだ。麻薬がいいとは言わないが、懲役四年は重すぎる。判決文にはたしか、過去の栄光に対する大衆の信頼を裏切り、社会に与えた影響が大きい――といったようなことが書いてあったと思う。そういう意味から言うのなら、政界のドンのじいさんが何十億も私腹を肥やして、日本国民の政治に対する信頼感を絶望的に失わせた罪はどうなるのだ。江夏が四年なら、じいさんのほうは市中引回しの上、小塚《こづか》っ原《ぱら》でハリツケ獄門にでもしなければバランスがとれないではないか。裁判官の常識とバランス感覚を疑いたくなる。

しかも、そんな極悪人を金さえ積めばあっさり保釈するくせに、まだ疑わしい状態でしかないK氏を、十二年間も拘置し続けている理由が理解できない。社会に戻したって、いまさら証拠を湮滅《いんめつ》できるわけでもなし、逃亡のおそれだってありはしない。そもそも、裁判官や警察の連中は、十二年という年月の長さをどう認識しているのだろう。

書いているうちに、ますます腹が立ってくる。いや、僕としたことが、冷静さを失ってはなるまい。警察や検察、それに裁判所までが乱心しているとは考えたくない。きみが書いてきたようなこと以外に、何かよほど動かしがたい証拠でもあって、それをもって判決の根拠にしているのだろう。そう思いたいものだ。なお一層の調査を望むよ。

浅見からセンセへ

拝啓　いつもバカなことばかり言ってる先生でも、ときには真剣に立腹することがあるのですねえ。見直しました。

おっしゃるとおり、僕も刑事局長の弟として、司法の良心や正義を信じたいことに変わりありません。無実の人間を意図的におとしいれるようなことはないと思いたいのです。しかし、この前書いたような、捜査上の疑問点について、確かめようがありません。Kさん側の、たとえば守る会のIさんだとか、弁護士さんに聞けば、警察のデッチ上げだと言うでしょう。かといって警察や検察に聞いたところで、答えてくれるわけがないのは、先生のご指摘どおりです。

じつは、この事件ではKさんの「自白」が有力な決め手となって、逮捕・起訴に踏み切ったもののようです。

いったい、警察は被疑者に対してどの様な扱いをして自白を引き出すのか――これから先は、Kさんが「守る会」の人たちに訴えた話を要約したものですが、僕はかなりの信憑性《しんぴょうせい》があると思います。

事件発生から七ヵ月後のその日、Kさんの自宅に三人の刑事が訪れたのは朝の七時だったそうです。一応、任意で市原警察署に連行されました。それっきり家に帰れなくなるとは、Kさんはもちろん思いもよらないことだったのです。

警察へ向かう途中、Kさんはだんだん不安になってきて、警察署についてトイレに行ったとき、「電話をかけさせてくれ」と頼んだのですが、容《い》れられないまま訊問が行なわれ、午後になると逮捕状が読まれ、その場で手錠をかけられました。

午前中の訊問では、ある程度人並みな扱いでしたが、逮捕状が執行された以降は、刑事の態度がガラリと変わり、姿勢が悪いと言っては足を蹴飛《けと》ばして怒鳴りました。そして、訊問に当たったW刑事が、いきなり「お前が犯人だ、分かっているだろうな」と言ったのです。

Kさんはびっくりしました。

「どうして私が犯人なんですか？」

「お前の銃から発射してみた空薬莢《からやっきょう》と、現場に落ちていた空薬莢を調べてみた結果、間違いなくお前の銃から発射された空薬莢と分かったのだ」

「冗談じゃありませんよ。私はやってませんよ」

「いや、お前に間違いない。お前がO氏を殺したんだ。お前が（銃を）持ち出さないで誰が持ち出せるのだ。それとも、お前の親父《おやじ》や女房が持ち出したとでも言うのか。それとも銃が歩いていったのか」

「そんな……父も妻も関係ありませんよ。いや、もちろん私だって知りませんよ」

「いや、今までにお前のことをいろいろ調べたんだ。お前に間違いないのだ」

こんなふうなやり取りで訊問は始まったようです。問題は、最初からW刑事がKさんの犯行であるという予見をもって訊問に臨んでいるようです。もっとも、すでに逮捕状を執行しているのですから、それは当然のことでしょう。それにしても任意同行を求めた時点で、すでに逮捕状を用意していたと考えられるわけで、警察ば

散弾の薬莢

1.使用前

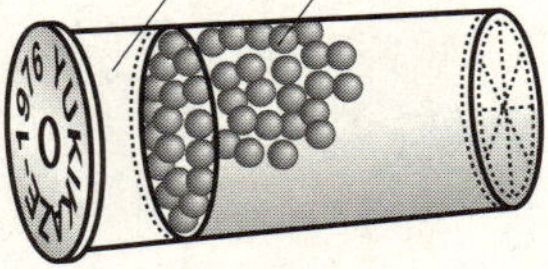

2.使用済（空薬莢）

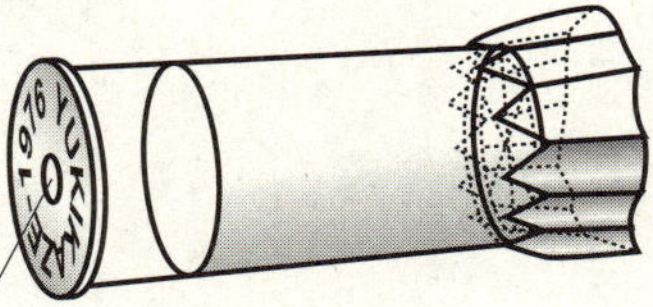

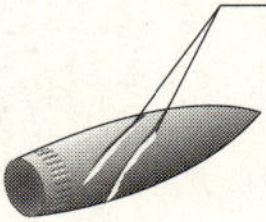

（参）ライフル弾

散弾の号数について

散弾銃は散弾の大きさを号数であらわす。
号数が大きくなるにしたがって粒が小さくなる。

かりか検察も強い予見に凝り固まっていたことが分かります。

その「予見」の根拠になっているのが、前述の「空薬莢」の一致です。

散弾銃の場合には、ライフルのような旋条痕《せんじょうこん》はありませんが、空薬莢の底部中央に「撃針痕《げきしんこん》」がつきます。つまり、薬莢の火薬を爆発させるために、引金を引くと撃針が底部を叩《たた》き、その際に傷がつくわけです。

警察はその空薬莢の撃針痕を頼りに、千葉県内にある同種の銃一〇八二丁について照合した結果、Kさんのものを含む七丁の銃が、「遺留空薬莢の特徴点六ヵ所のうち四ヵ所が似ている」として捜査の範囲を狭めたのだそうです。

そして、最終的にはKさんの空薬莢が現場の遺留空薬莢と一致すると断定しました。

その断定の根拠は――

「撃針痕が現場の遺留空薬莢とK氏の空薬莢と明らかに異なる」ためだというのです。「明らかに異なる」のですよ。「一致する」ではないのですよ。

なぜそうかというと、異なる理由は「K氏が撃針痕を加工した」からなのであって、それはつまり、犯行を隠すための偽装工作である——と断定したのです。

後の裁判でも、この空薬莢の傷が、唯一の物的証拠となりました。それ以外はほとんどが自白に頼った状況証拠ばかりで、有罪の決め手になるようなものは、何一つなかったといっていいのです。

困ったことに、Kさんは刑事の訊問に対して、撃針に細工を施して空薬莢の底部に同じ撃針痕がつかないようにしたことを「自供」しているのです。もちろん、裁判段階では自供を全面的にひるがえしましたが、検察側としては、後生大事、錦《にしき》の御旗《みはた》のように、この一点をおし立てて有罪判決をかち取ったと言っていいでしょう。

ところがです。その後、弁護団側や専門家に鑑定を求めたところ、この「物的証拠」がきわめていいかげんなものである可能性が生じてきたというのです。もしもその鑑定結果が正しいとなると、その証拠を安易に採用して、判決の重要な根拠とした裁判そのものが根底から引っ繰り返るとしか思えません。

そんなことが実際にあっていいものなのか——事実はどうなのか——次回の手紙でお知らせします。

敬具

一九九三年九月

コカイン事件

九月の主なニュース

13日　イスラエル、ＰＬＯによるパレスチナ暫定自治に関する調印式典がホワイトハウスで行なわれる

27日　宮城県知事を収賄容疑で逮捕、ゼネコン汚職拡大

センセから浅見へ

天と地とが引っ繰り返った——ような大騒ぎだ。なにがって、この『軽井沢通信』の出版元である角川書店の角川春樹社長（注・当時）がコカイン密輸の容疑で逮捕されたというのだから、さすがの僕も驚いた。おまけに、この事件は成田空港で発覚したもので、千葉県警の扱いだという。まさにKさんの事件を扱っている千葉県警そのものだ。まさかこの『軽井沢通信』に対する意趣返しとは思えないが、あまりにもタイミングがよすぎて、寝覚めの悪い気持ちがしないでもない。

というわけで、今月のきみへの手紙は、まずこの「大事件」の話からしなければならない。ことによると、その話だけで枚数が尽きるかもしれないが、やむをえまい。

僕は角川社長とは何度か会って、食事もしているし、彼が宮司を努める明《あ》日《す》香宮《かのみや》というところの月例祭に参加したことも二度か三度ある。成田空港でコカイン密輸の現行犯で逮捕された池田カメラマンとも、自宅に大麻を隠していた容疑で捕まった坂元女史ともそこで知り合った。

明日香宮というのは群馬県嬬恋村《つまごい》（通称・北軽井沢）にあって、僕の家から車で四十分もあれば行けるところだ。浅間山麓《あさまさんろく》、奇岩怪石で知られる鬼押出《おにおしだ》しの少し北、一万坪ほどの敷地内に本殿のほか、毘沙門天《びしゃもんてん》を祀《まつ》ったお堂や、茶室など点在している。拝殿は総ヒノキ造りの、なかなか本格的な建築だ。

僕は宗教のことはあまり詳しくないけれど、個人でもその気になればああいう神社を建てられるし、自ら宮司にもなれるものらしい。いや、角川社長の場合は、自身を「神」だと考え、ひとにもそう言っているくらいだから、将来は自ら明日香宮に祀られるつもりだったのかもしれない。だとすると織田信長が近江《おうみ》に自分を祭神とする摠見寺《そうけんじ》を建てたのとよく似ている。僕は角川春樹氏をきわめて信長的な人物だと思っているのだが、まさにその考えを裏付けるものだ。

僕が初めて明日香宮の祭礼に招かれたのは、たしか十二月中旬の寒い夜だったと記憶している。軽井沢から北へ三十キロばかり、峠を越えた向こう側の嬬恋は、夜ともなるといちだんと寒気が厳しい。信心よりもわが身の健康を大切にする主義の僕は、用意周到、ホカロンを四個、腰と両脚にしのばせて参列したものだ。

記憶が薄れてしまったが、その夜は『天河《てんかわ》伝説殺人事件』映画化のための祈願があったのかもしれない。なぜかというと、新参者の僕が拝殿に俳優の松田優作氏と一緒に主賓格で参列しているからだ。松田氏は『天河』には関係ないけれど、角川映画への出演など、社長との付き合いも長く、すでに何度か神事に参加していたらしい。

神事の参会者は全部で四、五十人。半分以上は角川書店の社員だと思うが、僕ははじめてだから誰がどういう人物か判別できなかった。拝殿の板の間に参列できるのは、せいぜい二十人程度、全員が最初は正座しているのだが、神事が始まってすぐ、「お長くなりますので、膝《ひざ》をお崩しください」と親切な許可が下りる。僕は正直だから、さっさと胡坐《あぐら》に切り替えたが、松田優作氏は長身を真っ直ぐにしたまま微動だにしない。さすが大物俳優は修行ができている——と、わが身に引きかえて感心したものだが、これが後で思いがけないハプニングを現出することになる。

それはともかく、僕のような罰当たりがいるにもかかわらず、神事のほうは厳粛そのものである。角川春樹氏は衣冠束帯というのか何と呼ぶのか知らないが、要するに最高クラスの神官の恰好《かっこう》をして着座し、やがて立ち上がり、祭壇の前に進む。

拝殿と池を挟んで対峙《たいじ》する小山ほどの岩の上に祠《ほこら》のような神殿がある。その岩が神の依代《よりしろ》というものらしい。角川宮司はその神殿に向かって拝礼し祝詞《のりと》を奏上する。拝礼の合間には腰の真剣を抜いて「えいっ、えいっ」と空を切る。これには正直言って驚いた。もちろん神事として行なうのだから、それなりの意味も意図もあるのだろうけれど、縁なき衆生《しゅじょう》の罰当たりの目には、芝居気たっぷりの稚気としか映らない。

考えてみると、宗教上のしきたりの多くは、無縁の者にとっては奇異なものだ。ありがたいお経だって、そう思わずに聞くと、ひどく滑稽《こっけい》に聞こえる。僕の父親はとっくに亡くなっているが、彼は自分の死期の近いのを予感して、墓を新調することになった。予感したといっても霊感があったわけでなく、たんに八十歳を越えたから、そろそろお迎えの来る用意をしたまでのことだ。その墓が完成し、親類縁者が集ってお寺で法事が執り行なわれた。お坊さんの読経《どきょう》がすすむうちに、経文の中に何かおかしな文句があったのか、父がプッと吹き出した。とたんに笑いが伝染して、参列者のほとんどが、笑いを堪《こら》えるのに死ぬほど苦しむことになった。

僕は不信心だが、神事や法事に参列する場合には、なるべくほかの人との協調性を保つよう心掛けることにしている。信じていようと信じていまいと、いったん参列したからには、場の雰囲気を壊さないようにするのが礼儀というものだ。カミさんのお供で退屈な音楽を聴きにいっても、居眠りをしたりあくびをしたりしないのと同じことである。学校の授業が退屈だからといって、雑談をしたり弁当を食ったりしていいわけがない。つまらない推理小説を途中で放り出すのとはわけが違うのである。そういう基本的な道理の分からないガキが増えてきたから、学校の先生も苦労する。列車の中を走り回るガキや、レストランで赤ん坊がギャーギャー泣くのを正当化するようなことを言った馬鹿なママがいたのは記憶に新しいところだが、周囲や環境との調和を考えるところから社会の秩序が生まれるのではないのだろうか。

何の話をしているのか分からなくなったが、要するに、僕はその夜の神事にきわめて積極的かつ受動的に参列した。角川宮司の真剣を揮《ふる》っての所作にも、驚きはしたが呆れはしなかった。宗教とはこういうものか、神に対する敬虔《けいけん》な祈りとはこういうものか——と、ひとつ賢くなったような気がした。何しろ、僕はその夜の主賓格なのである。主賓とは何かというと、宮司の次に玉串奉奠《たまぐしほうてん》をする重要な役割を担っている人物である。いやが上にも敬虔に振る舞わなければならなかったのである。

さて問題の玉串奉奠の段とはなった。何でも知っているような顔をして小説を書いているから、きみには信じられないことかもしれないが、実をいうと、こういうのは僕にとって、はじめての経験だ。どうやればいいのか分からないから、ひたすら角川宮司の所作を真似《まね》ることにした。神職の手から玉串を受け取り、祭壇に捧《ささ》げ、二拝二拍手一拝をして退く。まあ大過なく役目を終えて、ほっとしながら座に戻った。

次は松田優作氏の番である。名前を呼ばれて立ち上がろうとした松田氏は——立てなかった。正座をつづけた膝を半分伸ばしたところで、前につんのめりそうになった。いや、実際、前に両手をついて四つん這《ば》いの恰好になったきり、しばらく動かなかった。僕はハラハラした。だから言わないこっちゃない、無理して正座なんかしないで、さっさと胡坐になればよかったのに——と思った。

しかし、そのとき僕は知らなかった。僕ばかりではない、参列者の誰ひとりとして知る者はなかった。松田優作氏はそのとき、すでに癌《がん》に侵され、あと余命いくばくもなかったのだ。そのことを彼ひとりが知っていて、誰にも告げず、その夜の神事に参加していた。

翌年の春、松田氏の訃報《ふほう》に接したとき、僕は恥ずかしかった。あの夜、松田氏は何を想いながら神に祈ったか。その胸中も知らず、玉串奉奠の失態を内心で笑っていたことが悔やまれた。神事の後、松田氏は何事もなかったかのように振る舞い、直会《なおらい》の席で陽気に歓談していた。

直会とは、神に捧げた「神饌《しんせん》」のお下がりを全員でいただく――という行事である。実際には何も本物の神饌を食べるわけではない。寮の大食堂を会場に、トリの唐揚げだとか、エビフライ、おでん、握り飯などが出る。ビールも供されるが、僕はもっぱら食い気専門で、とくにおでんはよく食った。

ところで、この直会の席で、僕ははじめて坂元女史に紹介された。紹介されるまで、いやに角川社長に馴《な》れ馴れしいので、てっきり社長夫人かと思っていた。「坂元です」と言われて（あれ？――）となった。池田カメラマンのほうは正式に紹介されたかどうかは記憶にない。ただ、事件が発覚した後――つまりごく最近になって、あのときスナップ写真を撮ってサービスに努めていたヒゲの男がそうだったことを知った。

ヒゲの彼もそうだが、僕の担当編集者も参加していたし、若い社員から寮のおばさんたちにいたるまで、みんなで僕や松田氏やそのほかの客たちを歓待してくれて、じつに楽しい団欒《だんらん》のひとときであった。

なぜこんな話を長々と書き綴《つづ》ったかというと、これが僕が体験した明日香宮の祭事の実体であることを、きみや読者に知ってもらいたいからだ。今回の不祥事が起きて、マスコミがいっせいに事件を報じる中に、明日香宮の月例祭がじつはコカインパーティであるかのごとく書かれているものがある。僕にしたって、たかだか二度か三度参加したにすぎないから、その報道を全部否定し去ることはできないが、少なくとも神事の本来の姿は、僕がここに書いたようなものであったことは事実だ。その裏で角川氏がコカインを使用していたかどうかは知らないが、だからといって、角川氏の信仰心が偽りのものであったとは、僕には到底考えられない。彼の宗教心は真摯《しんし》なものであったと思う。僕は信仰なんて迷信だと思っているから、誰に何を言われても、文字どおり馬の耳に念仏だが、角川氏は心底神を信じていたと思う。

マスコミ報道の恐ろしいのは、コカイン事件をきっかけとして、角川氏の全人格まで否定し去ろうとするかのような極論に突っ走ってしまうところにある。

こう言ったからといって、僕が角川氏の犯罪を弁護するように受け取られては困る。もし警察の発表や報道が正しいとすれば、罪は罪である。それも単にコカインだけのことではなく、角川氏の生き方そのものに何か大きな過ちがあったことを、角川氏はより大きな罪と認識すべきだと思っている。

ガキが列車の中を走り回るように、赤ん坊がレストランで泣きわめくように、己の欲するがままになんでもやってしまうというのは稚気でしかない。本当の信仰とは、足の痺《しび》れを承知しながら正座を押し通すようなことだ。癌と知りながら泰然として笑顔で振る舞うようなことだ。才能の赴くまま、力のあるがまま、勢いの向かうまま、傍若無人に突進するのは神を恐れぬ傲慢《ごうまん》というものである。信長はそう生きて、死んだ。

とはいえ、それらの罪をもって角川春樹氏のすべてを否定することは、それ以上の罪であり無知である。「九仞《きゅうじん》の功を一簣《いっき》にかく」という、まさにコカイン事件は「一簣にかく」愚行ではあったが、それをもって「九仞の功」が消えるものではない。角川氏が出版文化に尽くした功績は、過去のいかなる出版人よりも偉大であり画期的なものであったことを思わなければならない。

テレビを見ていたら、ある俳句評論家（だと思う）が、「角川春樹の俳句はすべて駄作だ」と言い切っていた。これには驚いた。僕は春樹氏の俳句の才能には圧倒されるものを感じるからである。どこをどう読めば彼の俳句を「駄作」と決めつけることができるのだろう。

むろん、俳句にかぎらず芸術に対する評価は人により立場により、さまざまに分かれるところだから、その評論家がどう思おうと勝手だ。しかし、マスコミがその評論家一人をもってさながら俳句界の代表であるかのごとく「駄作」と言わしめ、言わせっぱなしにする姿勢が恐ろしい。

テレビも新聞も週刊誌も、おしなべて言えることは、自分のところの編集方針に即した記事を書くために、インタビューした相手の回答の、ごく一部をつまみ食いして掲載する悪い癖がある点だ。今度の事件に関するインタビューで、僕も不愉快な思いをずいぶん味わった。今後はマスコミの取材にはいっさい応じたくない。

角川氏はその性格ゆえ、その所業ゆえに敵が多く、彼の失脚に快哉《かいさい》を叫ぶ人や会社も多いにちがいない。現に角川氏の逮捕直後「ある作家は角川書店から作品を引き上げ、他社に移すらしい――」などといった噂《うわさ》が流れ、僕のところにも問い合わせがあった。それもまた、巷間《こうかん》「角川商法」と悪評される自らの罪が招くものかもしれないが、そんなふうに、傷ついたライオンをハイエナが狙《ねら》うようなことはするべきではない。

信長は死んだが、彼の業績は次代に受け継がれた。角川春樹氏は失脚したが、彼の残した遺産は角川書店のスタッフに受け継がれ、出版文化の発展に寄与するだろう。そうでなければならない。そうしなければならない。僕ごときが言うのはおこがましいことだが、角川書店やそのスタッフの心情を察すると、たとえ微力でもなにがしかの支えになることができれば――と思う。

妹よ羽子板市に来て泣くや
向日葵《ひまわり》や信長の首斬り落とす

この二つの句は春樹氏の対照的な二つの性格をくっきりと示している。亡き妹の幻影を羽子板に透かし見る優しさと、炎天下の下信長の首を斬り落とす峻烈《しゅんれつ》さとが、彼の精神の中に同居している。そのことを想いやると、今度の事件が一入《ひとしお》悲しい。

追伸　『浅見光彦倶楽部』の入会希望者は公募開始後十日目の九月三日現在、千人

を超える勢いらしい。きみは会員番号33に決まったそうだ。

浅見からセンセへ

前略　今日は何も書きません。お元気で。

草々

消えた金時計

一九九三年十月

十月の主なニュース

3日　エリツィン大統領来日直前、ロシア正規軍部隊が最高会議ビルに立てこもる反エリツィン派を武力制圧

20日　皇后さまが、赤坂御所で倒れられる

29日　米、六十年ぶりの低収穫量

センセから浅見へ

拝啓　軽井沢は早くも秋冷の候となろうとしている。今年の冷夏は軽井沢の避暑客を激減させたそうだが、上信越自動車道が開通したせいで、車利用の日帰り客はかなり増えたらしい。どっちにしても、書斎にこもりっきりで、執筆に専念している僕にとっては関わりのない話である。

　ところが、世間一般は僕が〔浅見光彦倶楽部〕に熱中して、仕事をさぼっているかのごとく誤解しているから困る。編集者が愚痴を言うのは仕方がないが、当の〔倶楽部〕に寄せられる投稿で、軽井沢のセンセはいっこうに新作が出ないが、いったい何をやっているのだと文句をつけてくるから情けない。中には「ご病気ですか」「お亡くなりになったのですか」などと、本気なのか皮肉なのか分からない手紙まである。そんなに簡単に殺されてたまるものか。

　それにしても月日の経つのは早いものだ。角川春樹氏の事件で大騒ぎをしているうちに、周りはすっかり紅葉してきたし、いましもカミさんが暖炉で焚《た》く薪《まき》を注文する電話の声が聞こえてくる。そういえば、キャリーが足を骨折して、カミさんがヤマ犬猫病院に泣きながら電話をかけていたのが、もうかれこれ二ヵ月近い昔のことになるのか――。ん？　きみはそのことは知らなかったっけ？　いや、あまりに間抜けな話だから内緒にしていたのかもしれない。だいたい犬が石垣から飛び降りて足の骨を折るなんてことは、作家が誤字脱字をするよりみっともない。僕などは完全主義者だから、文章は美しいし、誤字脱字などを犯したことはない。まして登場人物の名前を間違えたり、きみの妹さんが二人いることを、すっかり失念するといったような、初歩的な間違いは絶対にしない。

　このあいだ、『「萩原《はぎわら》朔《さく》太《た》郎《ろう》」の亡霊』という僕の古い名作を愛蔵本にリニューアルして刊行した。この作品には「岡部和雄警部」という名探偵が登場するのだが、彼が登場するシリーズのほかの作品を調べていた編集者から、岡部夫人と娘の名前が入れ替わっていると電話があった。本来、岡部夫人は「ひで子」だったのだが、いつの間にか「ひで子」が娘の名前になっているというのである。じつは「ひで子」というのは僕の高校時代のガールフレンドの名前だから、むやみやたら使ってみたかったのかもしれない。

うちの夫婦の世話をしてくれている静江クんにサイン本を上げるとき、僕はしょっちゅう「静枝」と書いてしまう。「静枝」は何十年も昔に亡くなった姉の名前なのだが、これが僕に似てすごい美少女だった。その面影をつい静江クンに重ねてしまうためなのだよ——と、じつは見え透いたお世辞を言ってごまかすことにしている。

まあ、人間の名前なんて符号みたいなものだから、どっちでもいいようなものだが、間違えられた当人にしてみれば気分は良くないに違いない。

ところで、その姉が亡くなって間もないころ、父親が大切にしていた「恩賜の金時計」が無くなるという事件がわが家で発生した。いかなる素性の金時計だったのかは知らないが、父親にとっては家宝みたいなものであったらしい。少なくとも出来の悪い次男坊よりは重要文化財であったことは確かだ。

で、その犯人として次男坊が疑われたのは、当然の成り行きだったと考えられる。当時の僕は小学校の四年生。母親の貯金箱から五十銭銅貨をくすねては映画を観《み》に行くという、向学心に燃えていたころのことで、そうした実績があったことも前科として高く評価されていたにちがいない。

それにしても「金時計消滅事件」は、明智小五郎ばりの摩訶《まか》不思議な事件であった。何しろ、密室みたいな部屋にあったトランクの中から、ある日忽然《こつぜん》と金時計が消え失《う》せてしまったというのだ。はたして金時計消滅のトリックは？——と、探偵小説の世界なら、明智センセの活躍が期待されるところだが、当事者である僕としてはそれどころではなかった。両親の疑惑を一身に受けて、清純無垢《むく》・純情可憐《かれん》な僕は、絶望の淵《ふち》に沈んでしまったのであった。メデタシメデタシ。

いや、冗談を言っている場合ではない。生まれてからこの方、蝶《ちょう》よ花よと愛されつづけていると信じていた両親が突如、鬼のごとくに変貌《へんぼう》したのだ。雨あられと降り注ぐ猜疑《さいぎ》の眼差《まなざ》しには、ほんとうに参った。

「おまえがやったのだろ？　いいんだよ、正直に言えば叱りはしないよ」

ああ、何というお優しいお言葉——。とんでもない、こういう言い方がどれほど悲しく情けなく、人間の尊厳を傷つけることか。

「ぼくじゃない、ぼくは知らない」と何度となく繰り返しても、ノレンに腕押し、ヌカにクギ、若ハゲに育毛剤……。

僕が犯人にちがいないという予見を抱いた両親は、まったく聞く耳を持とうとしないのだからやり切れない。

僕はほんとうに死にたくなった。この世の終わりだと思った。いっそのこと、「そうだよ、ぼくが盗んだよ」と嘘の自白をして楽になろうとさえ思った。いや、もし「真犯人」が分かって、「真相」が明らかになって、僕に対する嫌疑が晴れなかったならば、僕は自殺に追い込まれていたかもしれない。

そうなっていたら、文豪・内田康夫は存在しないのだし、したがって居候・浅見光彦も存在しなかったわけだ。そのほうが世の中のためにはよかった――などと言うひともいないとは限らないからおそろしいが、人の運命とは、かくも儚《はかな》く、しかも尊いものだという、これは典型的なケースといっていい。

で、「金時計事件」の真相だが、何のことはない、金時計はトランクのフタと本体との隙間《すきま》――つまり蝶番《ちょうがい》の裏側みたいなところに押しつぶされていたのである。一種の盲点になっていたとはいえ、分かってみればばかばかしい話だ。

事件のほうはそれで一件落着したが、落着しないのは傷ついた幼心である。伸びざかりの少年の心には「人間不信」という癒《いや》しがたい傷が刻み込まれた。それと同時に、いろいろな教訓を身につけることにもなった。たとえ親といえども、全幅の信頼を置いてはならない。平穏無事な人生にも、いつどんなところから不運が舞い込むか知れない。人を見たら泥棒と思え。七度たずねて人を疑え。馬の耳に念仏。わが身をつねって人の痛さを知れ。三つ子のたましい百まで……。

こう書くと、きみのような単細胞には、この「事件」はあたかも救いがたく、絶望的な出来事のようにしか思えないだろうけれど、決してそんなことはない。僕ほどの天才ともなると、禍《わざわい》を転じて福となすすべを、幼児のころから備えている。この悲劇的体験を通して、僕は逆に人を信じることの大切さを学んだ。また、一面だけで人を判断してはならないことも知った。真理は見えないところに隠れていることも、不当な圧力に対しては決して屈してはならないことも覚えた。

どうかね、人間はこうして成長してゆくものなのだよ。たとえ「居候」だ「出来損ない」だ「落ちこぼれ」だと言われようと、「ハゲ」だ「デブ」だ「短足」だと罵《ののし》られようと、怒ったり嘆いたりしてばかりいてはいけない。誹謗《ひぼう》、中傷をさえも肥料にしてこそ、大きな人間になれるとしたものなのだ。

その事件のあと、母親が僕に「ごめんね」と言ったときの、あの何とも表現しようがない悲しい顔は、いまもありありと目に浮かぶ。それは人間の愚かさであり悲しさであると同時に、人間のいとおしさにも通じるものだ——と思っている。
きょうの手紙はなんだか、浅見家の半端者であるきみを慰めるような内容になってしまったが、僕の真意を賢察してくれたまえ。

敬具

浅見からセンセへ

前略　五泊六日の北海道取材から疲れ切って帰宅したら、いやなモノ——いえ、先生からのお手紙が待っていました。お蔭ですっかり元気回復、意気消沈といったすがすがしい気分です。それにしても、先生の身の上話は、いつ聞いても涙をそそりますねえ。

お手紙を読んで、僕はすぐに拘置所にいるKさんのことを想いました。先生のおっしゃる「真意」とはそこにあるのではないか——と、きわめて好意的かつ善意に解釈しております。それというのも、まさに先生の幼児体験そのままの「濡《ぬ》れ衣《ぎぬ》」が、立派な社会人であるKさんの身に降りかかったということだったと思い併せるからです。

Kさんの生い立ちや、そこに到るまでの人生がどのようなものであったのかは、僕は知りません。ひょっとすると、お母さんの貯金箱からお金をくすねるような「前科」があったのかもしれません。

しかし、たとえそうであったとして、Kさんはその日まで、自分を抱いている社会を信じて生きていたにちがいない。だのに、その社会が突然、鬼のような顔をして、「お前が殺《や》ったのだろう！」と迫ってきて、どんなに「殺ってないよ」と抗弁しても、聞く耳を持とうとしないという状況におちいったのですから、その恐ろしさはまさに筆舌に尽くしがたいものがあるでしょう。先生は死にたくなったそうですが、そうしたほうが世のため人のためによかったかどうかはともかくとして、その追い詰められた気持ちは、そのままKさんの心情に通じるものだと思います。

Kさんは死んではいませんが、しかし、拘置所で経過した十二年は、Kさんにとって死んだも同然の時間です。ただ、唯一の救いは、Iさんをはじめとする「Kさんを守る会」など、Kさんの事件の真相を解明し、冤罪を雪《そそ》ぎ名誉を回復しようという、大勢の市民の励ましのあることでしょう。

Kさんとは何の関わりもない赤の他人が、Kさんのために心配し、怒り、訴える運動を展開しているというのは、ほんとうに驚くべきことです。

Kさんの失った十二年は、文字どおり取返しのつかない財産のようなものですが、その結果として得た見知らぬ人たちの善意の巨大な塊は、Kさんにとって、せめてもの慰めになると信じています。

じつは、先生のお手紙と一緒に、浅見光彦倶楽部から回送されてきた僕宛ての手紙がありました。千葉県夷隅《いすみ》郡の能城さんという、ずいぶん昔に、「少女」だった方で、現在、Kさんの支援者の一人であるとのことです。能城さんの手紙によると、Kさんの事件で検察側が保有する唯一といっていい「物的証拠」であるところの、「薬莢の撃針痕」がいかにいいかげんなものであるかが「わたしのような素人にもよく分かる」というのです。

前の手紙でもお話ししましたが、警察は、
○Kさんの銃で撃った薬莢の撃針痕と、事件現場に落ちていた薬莢の撃針痕とが一致しないから、現場の薬莢はKさんの銃で撃ったものだ。
と、訳の分からないことを主張しているのです。どうしてそうなるのかというと、Kさんは事件後、銃の撃針を細工して、撃針痕を照合されても分からないようにしたのだ——と言いたいわけです。

ところが、その後、弁護側が依頼した専門家の鑑定によると、銃の撃針に細工をすることは、事実上不可能であることが分かった。それは構造的にいっても明らかなのだそうです。撃針というのはいつもは筒のような中に引っ込んでいて、引金を引いたときだけ飛び出して、薬莢の後ろをハンマーで叩《たた》くようにして火薬を爆発させ、弾丸を発射させる仕組みになっています。いうなればカメの首がいつも甲羅の中に引っ込んでいるようなものなのです。

で、撃針に細工をして削ろうとしても、カメが首を引っ込めるように、筒の中に引っ込んでしまうというわけです。このことは、Kさんはもちろん、「守る会」のメンバーである銃の専門家でさえ知らなかったそうです。もちろん、捜査にあたった刑事が知るはずもない。だから、訊問で刑事が「撃針を細工したのだろう」と決めつけ、Kさんも仕方なく「はい、細工しました」と自供するという、まるで漫才みたいなデッチ上げ調書が生まれてしまったというのです。

もしもこれが事実であるとするなら、そんな事実を知りながら、ろくすっぽ確認もしないで証拠として採用した一、二審の裁判所もお粗末きわまる。それればかりか、

散弾銃発射の仕組み

1.基本構造

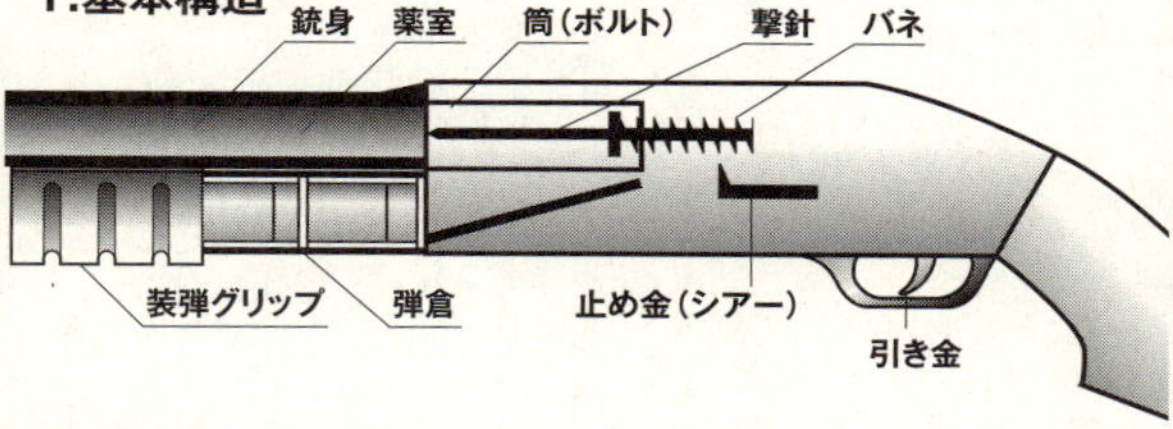

2.装填準備

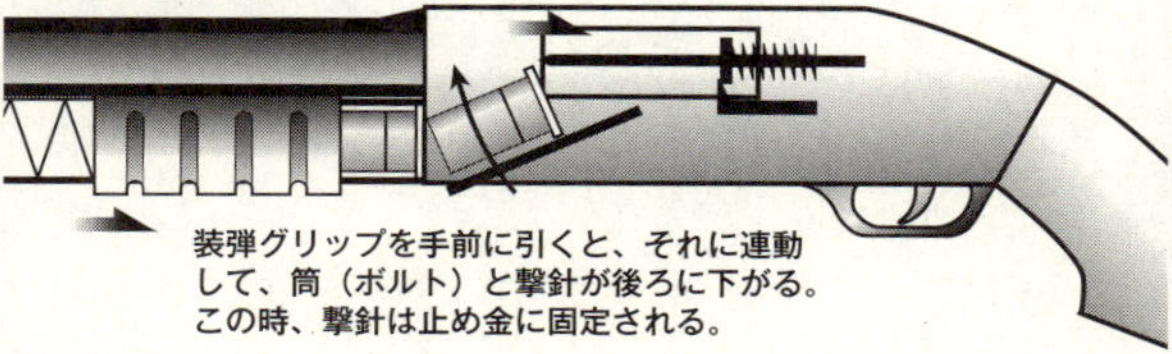

装弾グリップを手前に引くと、それに連動して、筒（ボルト）と撃針が後ろに下がる。この時、撃針は止め金に固定される。

3.装填

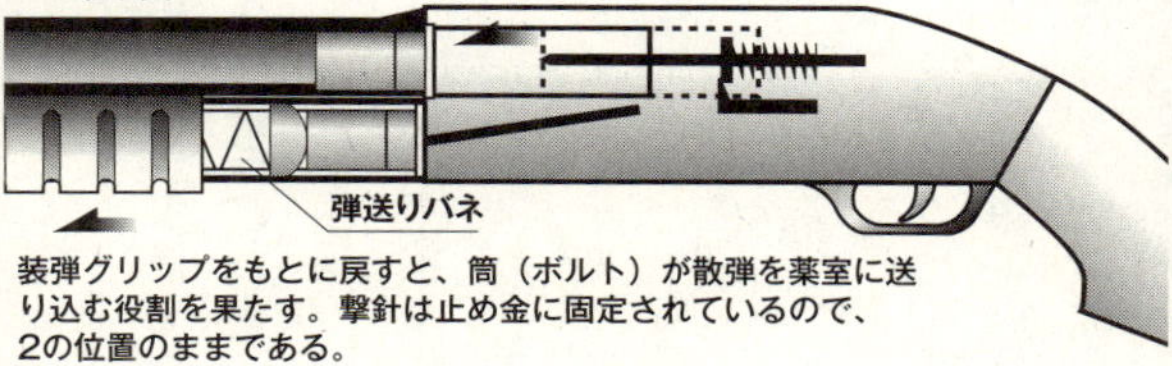

装弾グリップをもとに戻すと、筒（ボルト）が散弾を薬室に送り込む役割を果たす。撃針は止め金に固定されているので、2の位置のままである。

4.発射

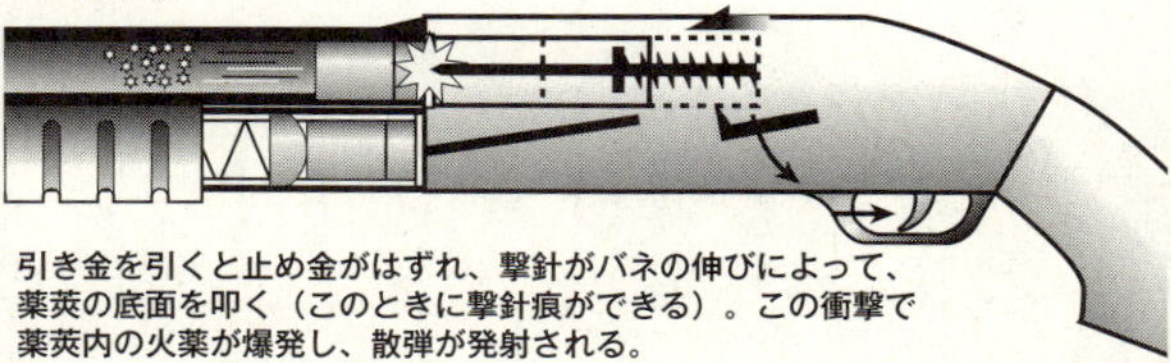

引き金を引くと止め金がはずれ、撃針がバネの伸びによって、薬莢の底面を叩く（このときに撃針痕ができる）。この衝撃で薬莢内の火薬が爆発し、散弾が発射される。

そういう疑問がとっくの昔に提示されているというのに、それに対する明確な判断を下そうとしないで、いつまでもダラダラとKさんを拘置し続ける司法の無法ぶりそのものに愛想がつきます。司法の厳正さに国民が不信を抱くことは、先生がご両親に対して不信感を抱いたのとは比較にならないほど大きな罪だと僕は思います。

Kさんが刑事の訊問に耐えきれずに自供した背景には、「裁判になれば分かってもらえる」という希望があったからでしょう。刑事や検事は何が何でも犯人を特定し刑務所に送り込むという、功名心が先行しがちですが、裁判官は公平無私に言い分を聞いてくれるにちがいない——と思うのがふつうの人間の感覚です。しかし、その観測は甘いというほかはありません。今度のことで僕もはじめて勉強したようなものですが、過去の幾多の裁判が冤罪を生んできた事実を忘れてはならないのです。

僕のような落ちこぼれ人間が言っても、ゴマメの歯ぎしりでしかないのかもしれませんが、せめて刑が確定するまでは、たとえ殺人事件の容疑者といえども、逃亡や証拠湮滅《いんめつ》のおそれがないかぎり、保釈するような制度改正が行なわれるべきではないでしょうか。先生のような立派な人格者が運動の先頭に立っていただけるといいのですが、散歩もしないものぐさ先生に、多くを期待するほうが無理というものかもしれません。

ところで、能城さんの手紙に「第九回目の現地調査が十一月二十七、八日に行なわれるので、浅見さんと軽井沢のセンセとで、ぜひご参加ください」と書いてあります。これがおそらく上告審最後の現地調査になるだろうということです。ずいぶん昔に娘さんだった能城さんでさえこれなのですから、つい最近まで青年だった先生も参加したらどうですか。といってもだめでしょうね。せめて僕だけでも参加してくるつもりでいます。

軽井沢では今年は冷夏で木の実が全滅で、クマが出そうだと聞きました。せいぜい食べられないようにお気をつけください。

草々

面会

一九九三年十一月

十一月の主なニュース

10日　アメリカで銃砲規制法案が可決

12日　核廃棄物の海洋投棄全面禁止とする条約改正案が条件付きで採択

浅見からセンセへ

前略　先日、「Kさんを守る会」の横浜のIさんから、つらい話を聞きました。しかし、その話は後回しにして、先月、能城さんが指摘されていた疑問について、まずお話ししておこうと思います。

薬莢の撃針痕を警察が証拠として採用し、それを検察はもちろん裁判所までが鵜呑みにしたのが、今回のKさんの事件に冤罪の疑いを抱かれる原因ではないかという点。そして、そのでっち上げに等しいような問題点を弁護側が指摘しているにもかかわらず、検察側は撃針を加工したというKさんの自白と空薬莢のキズが類似しているとする鑑定をあげるだけでなぜ明快な説明をしないのか――その点について取材してきました。

たしかに検察も警察も、弁護士さんや「守る会」のその件に対する指摘に、いまのところまったく答えていないそうです。ただ、弁護士さんの話によると、現在係争段階にある事件については、捜査当局が証拠内容に関する説明や弁明はほとんどしないのがふつうだということです。つまり、捜査当局側の手の内をさらすようなことはしないものなのですね。

だから、警察が撃針痕の矛盾をどう判断しているのか、どう弁明するつもりなのか、まったく分かりません。とにかく、上告審の口頭弁論が開かれるまでは、撃針痕に関して、はたして検察側に自信があるのかないのかも判断できないということでした。

ところで、Iさんから聞いた話というのは次のようなものです。

拘置所にいるKさんのところには、ほとんどの場合、Kさんのお父さんのL夫さんが面会に行くことになっていますが、先日、L夫さんは風邪をこじらせて、代わりにKさんの息子さんのH雄さんが行ったところ、KさんとH雄さんのあいだで口《くち》喧嘩《げんか》のようなことになってしまったというのです。

Kさんは息子のH雄さんにとっては、必ずしも模範的な父親とはいえなかったようです。早くに離婚して、結局、H雄さんは祖父母の手で育てられたといってもいいようなものでした。

だから、父親が殺人事件の犯人として逮捕されたとき、H雄さんの胸には、悲しみや怒りといった、われわれが想像できるような単純な感情ばかりでなく、複雑な想いが錯綜《さくそう》したのではないでしょうか。

それでも、「守る会」をはじめ、大勢の人々の支援がふくらんで、父親が無実の罪を着せられていることを知るにつれ、父親を呑み込もうとする大波のような、不当な権力に立ち向かう防波堤の役割は、もっとも身近な自分が果たさなければならないと自覚したにちがいありません。

しかし、KさんとH雄さんとのコミュニケーションには長い空白があります。親子らしい会話を交わすことすらほとんどなかっただけに、言うべき言葉を素直に見つけられないもどかしさは、二人に共通していたのではないでしょうか。

接見室のプラスチックの壁越しに、Kさんは「おれの無実を晴らすために、なぜもっと努力してくれないのだ?」と言って、H雄さんを詰《なじ》ったそうです。

「そんなことはないよ、おれだって一生懸命やってるじゃないか」

「だったら、どうしておれはいつまでもこんなところにいなきゃならないんだ」

「そんなことを言ったってしようがないじゃないか。守る会の人たちだって、みんな一生懸命だよ。ありがたいと思いなよ」

「ありがたいよ、ありがたいけどさ、おれはもう駄目になりそうなんだ。おまえがそんなことを言うのは、おれの辛さが分かってないからだ。おれの身になってみてくれよ。頼むよ、おまえはおれの息子だろ。だったらもっと必死で頑張ってくれよ」

「そんな……いまさら父親面《づら》されるほど、おれ、あんたに世話になったおぼえはないよ」

「おい、そういう言いぐさはないだろう。そうか、やっぱり恨んでいるのか。そんなことだから、親身になってやってくれようとしないのだな」

「そんなことはないよ、一生懸命やってるって言ったじゃないか。おれだって……」

「もういい、分かった、帰れ」

「なんだよ、せっかく来てやったのに」

「いいから帰れ、おまえの顔を見てると、殴りたくなる」

「おれだって殴りたいよ」

「なんだと?」

「おれだって、親父と取っ組み合いの殴りあいをしたいよ。一度だってそういうこと、なかったもんな」

「………」

「じゃあ、元気でな、今度は祖父《じい》ちゃんが来てくれるよ」

「おう」

「ん？」

「また来てくれるか」

「ああ」

　それっきり、H雄さんは涙で口がきけなかったそうです。係官に連れられて行くKさんが一瞬こっちを見た目にも、涙があふれていたそうです。

　その話をIさんにするとき、H雄さんは涙ぐんで、「ほんとに、おれ、親父と殴りあいの喧嘩がしたいです」と言ったそうです。僕はショックでした。人生の修羅場っていうのかな。そういうのを経験したこともなく、のほほんと居候暮らしをつづけている自分の、ふやけたような生きざまが、なんだかひどく見すぼらしいものに思えました。

十一月二十七、八日の大詰め現地調査に参加するつもりです。先生もできたら山を下りて来てください。

草々

センセから浅見へ

拝復　どうもきみのセンチメンタルには困ったものだ。しかし「それが、あなたの、いい、と・こ・ろ・（山口智子風に歌って読むこと）」かもしれない。人間、優しくなければ生きている資格がないのだ。

　Ｋさんが息子さんに八つ当たりする気持ちも分からないではない。先月の手紙で、僕はガラにもない昔の思い出話をしてしまったが、不当な疑惑を受けた身になってみれば、誰も分かってくれないという苛立《いらだ》ちや絶望感は、耐えがたいものがある。Ｋさんの場合はそれが十二年以上もつづいているのだから、精神的なストレスはいかばかりか、察するにあまりある。願わくば、息子さんをはじめ身内の人々も、そのへんのことを賢察して、Ｋさんの自棄的な言動を許してあげて欲しい。また、Ｋさんも辛いだろうけれど、大勢の人々がＫさんのために尽力している事実を受け止めて、じっと耐えていて欲しい。

それにしても、警察や検察が、撃針痕を証拠採用した矛盾が明らかになってきたことに対する弁明をしないというのは、どう考えても納得いかないな。面子《メンツ》だとか、法廷の駆け引きだとかいう問題以前に、被告人の人権を尊重しなければならないはずじゃないか。

裁判手続きだなんだかんだと十二年もすったもんだやっている間には、撃針痕に対する見解を示すチャンスはいくらでもあっただろうし、そうするのが当然の義務だよ。きちんとした見解を示すことができないのであれば、その時点で、とにかくKさんを保釈すべきだ。医者が治療法が分からないからといって、患者を手術台の上に放置しておいていいわけがない。

このあいだ、四国かどこかの、戦後間もなく起きた殺人事件で有罪とされ、十五年間も服役させられたYさんという人が、ずっと無罪を主張しつづけ、ついに再審をかち取ったというニュースがあった。この手のケースで再審請求が認められれば、ほとんど無罪になるものと思っていい。

事件があったのは終戦直後といっていい時期で、旧刑事訴訟法から新しい法律に転換するゴタゴタの頃だから、かなりひどい捜査が行なわれていたことはたしかだろう。その点は情状酌量の余地はあるにしても、とにかく無実の人間を強引な取り調べで有罪にした事実は動かすことができない。さいわい死刑にならなかったから、こうして無実を訴えつづけることもできたのだが、もしも……と思うと、寒気がする。

問題なのは、無理やり犯罪をでっち上げ、人間一人を有罪にした捜査官が存在したという事実だ。そういうのは、もしかすると「鬼刑事」とかなんとか、警察内部では褒め称《たた》えられ、でかい面をしているのかもしれない。

Yさんの場合は、もう一人の「犯人」が四ヵ月も過酷な取り調べを受けたあげく、自白を強要され、ありもしない共犯者としてYさんの名前を証言したという。それだけのことが有罪の決め手になったらしい。物的証拠などもほとんどでっち上げといっていいものだったようだ。

不思議でならないのは、こうして無実の人間を明らかに不当な方法で刑務所に送り込んだ捜査官が、「鬼刑事」と称賛されることはあっても、その罪が問われたためしがないことだ。ありもしない犯罪をでっち上げ、あるいは無実の人間に罪を着せることは、これはもっとも忌まわしい犯罪の一つだと思うのだが、法が彼らを罰したという話を一度も聞いたことがない。

自分の成績を上げるために無実の人間を刑務所に送り込んだ――とは思いたくない。しかし、いったん「犯人」と特定してしまったり、あるいは拷問に近い取り調べをやらかしたために、面子の上から、いまさらそれを撤回できなくなってしまったという可能性は充分ありうることだ。

捜査官だって神様じゃないのだから、捜査段階で誤りや錯覚を犯すことはあるだろう。必ずしも冤罪事件を起こすような悪意はなかったかもしれない。かりにそうだとしても、それならば、誤りと分かった時点で、潔く自らの非を認め、被告人に救済の手を差し伸べるべきではないか。

今回の事件だってそうだ。起訴の段階では撃針痕の矛盾は捜査当局はもちろん、容疑者であるKさんの側も、その他、双方の参考人もまったく知らなかった。だから、被告人側に不利な証拠として採用されたことには、一応の理由も根拠もあり、それなりの証拠価値もあったことは認められる。

しかし、いまはその矛盾が明らかにされ、撃針痕に関するかぎり、証拠能力がはなはだ疑わしいものであることが分かってきた。だとしたら、その「証拠」をタテにKさんの犯行であるとしてきた捜査当局や、Kさんの訊問にあたった捜査員は、素直に過ちを認め、検察や裁判所にその旨を申し出るべきではないのか。

組織がどうの、事務手続きがどうのという以前に、捜査員個人の良心のありようが問われていると思う。「守る会」よりも、むしろその捜査員たちのアピールのほうが、数段、強く直接的な効果を発揮することは間違いない。そうしてこそ、法の正義は保たれるのだし、法に対する信頼も揺るぎないものになるだろう。

ところで、とつぜん話は変わるが、「野性時代」の巻末アンケートで、「いま一番食べたいものは?」という質問に正直に「カニ」と答えたら、札幌の伊藤さんというまだ会ったこともない美人から手紙で、「ぜひカニを送りたい」と言ってきた。「毛ガニがいいか、タラバガニがいいか、それとも花咲ガニがいいか指示してくれ」とのことであった。

僕はすぐに「カニオクレタノム」と電報を打つつもりだったが、カミさんが脇で見ていて、みっともないからよせと言う。それもそうだな——と反省して、「ザンネンながらダンネンします」と書いたものの、最後に未練たらしく「いつか花咲く日もあるでしょう」と意味不明にして意味深長な暗号を書き足しておいた。札幌の人は頭がいいから、きっと解読するにちがいない。どういう結果が出るか、楽しみなことではある。

十一月二十七、八日の現地調査、よろしく頼むよ。Iさんに会ったらよろしく。

敬具

浅見からセンセへ

前略　呆れて物も言えません。僕が先月、北海道へ取材旅行に行って、先生に何もお土産を買わなかったからといって、まるでいやみのように「カニオクレタノム」だなどと……情けない。この『軽井沢通信』を読む読者がどう思うか、少しは考えたほうがいいですよ。もしかすると、アンケートに「カニ」と答えたのは、そういういやしい魂胆があったからじゃないのですか?

そういえば、浅見光彦倶楽部の高野事務局長に聞いた話によると、倶楽部宛てに、静岡の望月さんという会員からサクラエビが送られてきたのを、先生までがみんなと一緒になって山分けしたそうですね。「こどもみたい」と高野女史が笑っていました。世間一般はともかく、少なくとも僕だけはご尊敬申し上げているつもりですから、あまりイメージを壊すような真似はなさらないでいただきたいものです。

ところで、先日、鳥取県の倉吉《くらよし》市へ行って来ました。倉吉の近くに東郷池という小さな湖があります。湖畔の養生館という温泉宿に泊まったのですが、そこで小泉八雲にまつわる興味深い話を聞きました。おまけに、僕が泊まった晩、近くの山の神社で怪死事件が起こって、静かな町が大騒ぎでした。

先生に会ったら、この話をしようと思ったのですが、どうもまた下品な小説のネタにされそうな気もするし、当分軽井沢には近づかないことにします。というわけで、先生を囲む「軽井沢の晩秋を楽しむ会」とやらにも欠席させていただきます。

ではお元気で。

草々

センセから浅見へ

何というひどいやつだ。目の前にエサをちらつかせて、引っ込めるようなことをしやがる。こっちは角川書店で出す小説のネタがなくて困っているところだ。どうせ大した話じゃないだろうが、一応聞いてやるから、近いうちに遊びに来てくれ。頼むよ、ほんと。

Kさんからの手紙

一九九三年十二月

十二月の主なニュース

14日　米の部分開放を決定

16日　田中角栄首相が死去。七十五歳

22日　南アフリカ共和国で暫定憲法が採択。これにより白人支配は法的根拠を完全に失う

浅見からセンセへ

前略　過日は「軽井沢の晩秋を楽しむ会」にせっかくご招待いただきながら参上できず、失礼いたしました。当夜の模様は、奥様からいろいろ聞かせていただきました。先生はファンの女性に囲まれてニコニコと嬉《うれ》しそうであったとか。まことに平和なことで、何よりとお祝い申し上げます。

出来たての新作『箱庭』を拝受しました。中身はともかく美しい装幀《そうてい》で、書棚に飾るにふさわしいと母が喜んでおります。また、枕代わりにする十分な厚さがあるとも申しております。それにしても、苦言を呈したくはありませんが、ミスプリントが多いのには呆れました。〔浅見光彦倶楽部〕に熱を入れるのは結構ですが、もう少し真面目にお仕事をなさるよう、ご忠告申し上げます。

草々

センセから浅見へ

拝啓　面目ない。『箱庭』の件に関しては汗顔のいたりだ。担当編集者が悪い、校閲は何をやっているんだ――などと、他人に責任をなすりつける気はサラサラない。何しろ急《せ》かされたもんで――と言い訳をするつもりもない。まったくいやになるよ、死にたいよ――などと泣き言も言わない（けっこう言ってるか）。すべては身から出たサビなのである。しかし、版元は直ちに改訂作業にかかって、増刷分からは万全を期すそうだ。この『軽井沢通信』を読んで、いったいどこが間違っているのか――などと興味本位でお買いになっても、もはや完璧な製品しか売っていないので、がっかりされないよう、読者諸氏にはお断りしておかねばならない。

それにしても、緻密《ちみつ》にして明晰《めいせき》な頭脳と美貌《びぼう》を誇る僕としたことが、とんだところで馬脚をあらわしたものではある。幸い、近頃は作家や編集者より読者のほうが賢明で、誤りの原因が奈辺《なへん》にあるかをちゃんと心得ているから、文句はすべて版元のほうへ向けられ、僕の手元には同情にあふれた皮肉がチクリチクリと送られてくる程度なのが救いだ（住所を公開してなくてよかった）。

ところで、きみも誤解しているようだが、〔浅見光彦倶楽部〕にいれこみすぎて、本業がおろそかになっているのでは――という指摘は間違いだよ。たしかに、倶楽部のあれこれに真面目に取り組んではいるが、それが明日への活力になることはあっても、マイナス要因には絶対にならない。

毎日、ワープロのノッペリした画面を眺めてばかりいると、その向こうにいる読者の存在が見えなくなってくる。無機質で独善的な作業に陥りがちだ。こんな面白いことを書いて、読者をあっといわせたい――という、初心の頃の情熱を忘れてしまう危険性が、常にある。

倶楽部が始まってこのかた、大量に寄せられる会員からの手紙を読むと、僕が想像していた以上に、僕の作品やきみの行動に、読者が注目し期待感を抱いてくれていることがよく分かる。ことに、若い人たちが、作品の内容を単なるエンターテイメントとしてばかりでなく、ほとんど教訓のように受け止めながら読んでいてくれることを知ると、たとえたかがミステリーであろうと、いいかげんな気持ちで書いてはいけない――と、心から思わずにはいられない。

とはいえ、倶楽部の活動も順調に軌道に乗ったようだし、『箱庭』の大騒動から逃れる意味もあって、僕は目下、網代《あじろ》の仕事場に来ている。当角川書店で二月刊行予定の書き下ろしを鋭意執筆中だ。二十日間程度はここに籠もって、雑事や囲碁の誘惑から目も耳も逸《そ》らして、ひたすら創作に打ち込もうという、まことに崇高な精神である。

編集者の郡司クンが毎日原稿取りに来るというから恐ろしい。ファックスで送るというのに、いえそれでは申し訳ありませんからと言うのだが、なに、作家を信用していないだけの話なのだ。

それと「さつき寿司」が目当てにちがいない。網代港沖や伊豆半島沿岸で獲《と》れる、カンパチ、アジ、イカはたしかに旨《うま》い。郡司クンは神戸の産でありながら、肉より魚が好きという、故郷を捨てた男で、嫁さんもカニ目当てに札幌産をもらった。間違って「うちのカニさん」と言ったくらいの、食い意地の張った忘恩の徒である。

その郡司クンが「ナベをやりましょう」と言い出した。駅前通りの魚屋で売っている、ウチワエビをいちど食ってみたいというのである。ウチワエビと言ったって、浅見ちゃんは知らないだろう。カブトガニを想像してもらえばいい。いや、僕も最初見たときはカブトガニかと思った。たしか天然記念物になっているはずだが、天然記念物を獲って売って食ってもいいのかな——と驚いたものだ。よくよく見ると、微妙に違う。しかし、どっちにしてもグロテスクで、ちょっと食欲をそそるような代物ではない。

こんなものを食うやつの気が知れない——と思っていたら、気の知れないやつが目の前にいたというわけだ。そのウチワエビをメインディッシュにして、ナベを食いましょうというのである。

まあ、新鮮魚介類がいっぱいの網代であるからして、たしかにナベに適した材料には事欠かない。彼が食欲をそそられたとしても当然だが、じつはそうではなく、僕の日頃の粗食ぶりを知っている郡司クンとしては、せめて食生活の充実を図ってやりたくなったのかもしれない——と僕は思った。

まったくの話、僕の網代暮らしは北ロシア地方に匹敵する貧しさで、悲惨を極める。

中心となる主食はすべてインスタント物で賄《まかな》っている。インスタントラーメンとカップ麺《めん》の新製品に関しては、かなりの権威と自負している。最近めざましいのはレトルト食品の充実で、とりわけカレーは旨い。なまじのレストランで食うのより、はるかに旨い。ブランド名を書くと、メーカーから送ってもらいたいからだろうと邪推されるから書くのだが、函館の「五島軒」のカレーがほんとうに旨い。

インスタント・レトルト食品のいいところは、何といっても生ゴミが出ないことだ。料理は好きで、けっこうマメにやるのだが、後片付けだけは苦手だから、生ゴミが出る料理は作らない主義である。アサリの味噌汁《みそしる》なんか、ほんとうに大好きなのだが、いつも横目に見て通り過ぎ、トウフの味噌汁に甘んじるほか、冷奴《ひややっこ》、湯豆腐とトウフばかり食っている。そのうち豆腐業界から表彰されるかもしれない。

男の通弊なのか、台所関係だけでなく、どうも片付けたりきれいにしたりするのが性に合っていないらしい。掃除、洗濯のたぐいが大嫌いである。布団はいちど敷いたら、二十日間、ほとんど上げない万年床。風呂は四日に一度。洗濯は十日分をまとめておいて、入浴後、バスタブに洗剤をぶちまけて、洗濯物を放り込み、足でグチャグチャ踏みつける。あとは湯を抜き、すすぎをすればいいから、これは簡単だし、シーツなどの大物も問題ない、死体でも洗えるほどだ。

といったようなわけで、ナベ大会を開催することにした。郡司クンと二人で、差向いで食ってもあまり絵にならないから、誰か呼ぼうかと考えたが、当日は徳間書店が主催するところの「SF大賞」レセプションがあるとかで、どこの出版社に電話しても、みんな断られた。現在取り掛かっているのが自社の作品でないとなると、編集者なんて冷たいものだ。

責任を感じた郡司クンは、自分のカニさん——いやカミさんを連れて来るという。さいわい松岡女史が空いていたので、何とか四人のメンツが揃《そろ》った。

四人みんなでゾロゾロ駅前通りへ出掛け、あこがれのウチワエビをはじめ、網代が誇る新鮮魚介類をしこたま仕入れ、網代が誇るシイタケと春菊とシラタキと焼き豆腐と、網代に関係のないポン酢とキッコーマン醬油《しょうゆ》を買って、盛大な晩餐《ばんさん》会が挙行されたのである。

ここだけの話にしておいてもらいたいのだが、ウチワエビは旨い！　白い身がシコシコして、さっぱりした味は、伊勢エビなんかより掛け値なしに旨いから、いちど試してみたまえ。しかしくれぐれも内緒にしておいてもらいたい。人気が出て、乱獲されでもしたら大変だ。

といったような具合で、網代では毎日、真摯《しんし》な創作の作業に専念している。ピリピリと張り詰めたような空気は、きみなどは怖いほどだろうな。もちろん、雑念など入り込む余地もない。今年は年間わずか三作しか書かなかったが、来年は十二作を目標にしている。栄光の『月刊内田』復活の日は夢ではないのである。きみも負けずに、せいぜいよい年を迎えるよう頑張りたまえ。

敬具

浅見からセンセへ

前略　相変わらずの太平楽で、ほんとに羨《うらや》ましい性格をしていますね。暖かい網代で、温泉に浸《つ》かって、あったかいナベをつついて、優しい編集者に囲まれて、それで何がピリピリ張り詰めた——ですか。呆れて物も言えませんよ。

ところで小生のほうは先生と対照的に、十一月二十七日、寒風をついて千葉県大網白里町へ行き、「『K——事件』第九回全国現地調査」に参加して参りました。大網白里町は千葉東金《とうがね》道路の終点からほど近いところにあります。この辺りまで、東京のベッドタウン化が進んでいるそうですが、まだまだ田園の雰囲気が残る風景でした。

外房《そとぼう》線大網駅が待ち合わせ場所で、そこから会場まで、ゼッケンをつけた人が案内してくれました。会場には百五十人前後の人が集まっていました。五十～六十歳程度の年輩の人が多く、二十～三十代の人もちらほら見受けられました。

会場に『軽井沢通信』の読者がいて、「やあ、あなたが有名な浅見探偵ですか」と真顔で言われたのには閉口しましたが、「軽井沢のセンセにこき使われて、大変ですね」と同情してくれたのには感激でした。

僕などは野次馬のようなものですが、参会者の熱心なのには驚きました。何人かの挨拶がありましたが、その中でKさんのお父さんが「せがれが逮捕されたとき、『ちょっと行ってくる。話せばわかる』ということだったのが、もう十二年も過ぎてしまった」と言われたのが印象的でした。十二年はあまりにも長い歳月です。たとえ無実であることが分かっても、もう二度と帰らない日々であることを思わなければなりません。

そのあと、事件発生からこれまでの経過報告や、捜査の矛盾点などについてレクチャーがありました。

あらためて知ったことですが、僕は疑問点の最たるものは、例の「撃針痕《げきしんこん》」の矛盾だと思っていたのですが、それ以外にも、動機、アリバイなど、基本的な事実についても、捜査当局側はかなり無理をしていることが多いのです。

結論として、僕がこれまでに得た情報を見るかぎり、『K――事件』は捜査当局の手によって作られた印象が強いことは否めません。そればかりでなく、一審、二審ともに、その事実に目をつむったまま判決を繰り返してきたとしか思えないのです。もちろん、被告人であるKさんの側の発言しか聞いていないのですから、絶対とは言えませんが、それならそれで、捜査当局側の反論も聞かせてもらいたいものです。このままでは、Kさん自身だけでなく、一般市民にも司法に対する不信感を抱かせることになりそうで、そのことのほうが僕は心配でなりません。

この集会に獄中のKさんから感謝の手紙が寄せられたので、その一部を同封します。


最高裁に上告以来四年が過ぎ、最高裁における私の裁判情勢は判決がいつ出されるのか、予断を許さない状況にあります。私が念願していた新しい鑑定書は、弁護団の先生方が心血注いで作成してくださり、鑑定補充書は昨年の十二月に最高裁に提出していただきました。この新しい鑑定補充書を最高裁の裁判官らが良心ある目で見るならば、私の無実は明らかです。しかし現在の裁判情勢からは疑問の余地はないほど真実を明らかにしても、必ずしも最高裁が口頭弁論を開くとは限らないと聞いています。このような不道義なことが許されてもいいのでしょうか。私は何としても最高裁に公正な審理と口頭弁論を開いていただき、そして無罪判決をしていただきたいと切望いたしております。きょうも現調で私の無実を一人でも多くの皆様にご理解していただき、ご支援をしていただきますれば幸いに存じます。皆様のあたたかいお力添えを心からお願い申し上げます。

まもなく新年です。先生と僕の戌《いぬ》年です。きっといい一年になることを信じて、一層のご健康とご活躍をお祈りいたします。

不一

年始の電話

一九九四年一月

一月の主なニュース

17日　ロサンゼルスを中心に大地震が発生。死者六十一人負傷者九千二百人に上る

26日　大阪府で起きた愛犬家五人の失踪事件で、自称・犬の訓練士を逮捕

29日　政治改革法案が成立

「もしもし、浅見さんのお宅ですか?」

「はい、浅見でございます」

「僕、軽井沢の内田ですが、浅見ちゃんいますか?」

「は? 浅見、ちゃん——とおっしゃいますと、坊っちゃまのことでしょうか?」

「そうそう、坊っちゃま坊っちゃま」

「坊っちゃまでしたら、ただいま学校のほうに行っておりまして、今日はたしか部活があるので遅くなりますけれど」

「え? 部活?……いや、その坊っちゃまじゃなくて、上のほうのですよ」

「ああ、光彦坊っちゃまですね。失礼いたしました。少々お待ちください」

——まったく、須美ちゃんは相変わらず意地が悪いんだから——

「もしもし、お電話代わりましたが」

「ああ、浅見ちゃん、僕だよ」

「あ、やっぱり先生でしたか」

「何だい、そのやっぱりというのは。須美ちゃんがまた何か言ったんだろう」

「は？　いえ、べつに……どうも、明けましておめでとうございます」

「ああ、おめでとう――と言いたいところだが、実感としては、もう新年になってしまったという気分だよ」

「ははは、相変わらずひねくれてますね」

「ひねくれてなんかいないさ。だいたい、誰もかれも顔を合わせると『おめでとう』を言うけれど、そうそうおめでたがって、喜んでばかりはいられないだろう。かの一休禅師がいみじくも、『門松は冥土《めいど》の旅の一里塚　めでたくもありめでたくもなし』と喝破したことを引用するまでもない。いつまでも歳《とし》を取らないきみはいいかもしれないが、『ことしは年男ですね』などと言われるとがっくりするよ」

「なんだか、正月早々、元気がないなあ。その様子だと、仕事のほう、うまくいってないんじゃありませんか？」

「当たりだ。暮に脱稿するはずだった角川書店の書き下ろしが、いまだに終わっていない」

「えっ、あれ、まだやっているんですか？　たしか、僕が倉吉に行って取材してきたやつでしょう？」

「ああ、そうだよ。網代でカンヅメをやっていたやつだ」

「しかし、網代からくれた手紙には、編集者の郡司クンたちと、鍋をつついてごきげんだったみたいに書いてあったじゃないですか。あの調子なら、原稿のほうはとっくに終わっているものと思ってましたよ」

「ああ、鍋はごきげんだったが、あの夜から、すでにひと月を過ぎようとしているというのにまだ終わらない」

「ふーん、そうなんですか、小説書きも楽じゃないですねえ」

「あたりまえだよ、きみ。浅見ちゃんみたいな気楽なルポライターとはわけが違う……そうそう郡司クンといえば、僕にワープロを叩《たた》かせておいて、自分はカニさんを連れてスペインなんかに行きやがって……そうか、原稿が遅れたのはそのせいかもしれない」

「何を言ってるんですか、すぐ人のせいにしたがるのは悪い癖ですよ。それに郡司さんの話だと、スペインへ行ってもいいかって訊《き》いたら、センセが『いいともいいとも、気をつけて行ってらっしゃい』と優しく言ってくれたって、感激してたけどなあ」

「口ではそう言うさ。しかしそう言いながら、じつは僕はじっと耐えていたのだ」

「うわー、暗いですねえ」

「暗い暗い、真っ暗だよ。なんだって、僕だけがクリスマスや忘年会や正月や海外旅行に背を向けて、テレビから流れる除夜の鐘を聞きながらワープロのノッペリした顔と向かいあっていなきゃいけないのだ。これならまだしも、カミさんとにらめっこしていたほうがいい――などと考えるね。そういうストレスが、ワープロに対して、無意識のうちに拒否反応を示したにちがいない」

「なるほど、先生がそう言うと、それなりに説得力がありますね」

「そうだろう、僕は常に真理しか語らないからな」

「そういうのは真理じゃなくて、泣き言っていうものでしょう」

「何とでも言いたまえ、原稿の遅れは挽回《ばんかい》しなければいけない」

「ああ、そういえば、角川書店の正月の新聞広告に、今年度の出版予定として、先生の作品も麗々しく掲載されてましたね。『二月刊行予定・怪談の道（仮題）』とありましたが。今日はもう一月六日ですよ。間に合うのですか？」

「そんな質問はしないでくれ。この時点でまだ正式に題名も決まっていないどころか、原稿も上がっていないのだから、いったいこの先どうなることやら、恐ろしい……そうだ、恐ろしいで思い出したが、その『怪談の道』について、暮にちょっとした出来事があった。その話をしようと思って電話したのだ」

「なんだ、そうだったのですか。ずいぶん横道に逸れましたね」

「うん、電話代がだいぶかかったな……しかし、きみの家に請求したりはしないから、心配しなくてもいい」

「心配なんかしませんよ」

「それでね、『怪談の道』の内容については、きみに倉吉に取材に行ってもらったものだから、よく憶《おぼ》えているだろうけれど、例の人形峠のウラン鉱の問題もテーマの一つなのだ。きみの事件簿によれば、あの殺人事件は、ウラン鉱山から出た残土の廃棄が地元で問題になっていて、それを背景に起きた事件——ということだったね」

「ええ、そうでした」

「ところが、暮に放送されたＮＨＫの番組でその問題を取り上げていたのだ」

「えっ、殺人事件をですか？　だけど、あんなものはどうせ先生のでっち上げじゃないですか」

「いや、ＮＨＫが取り上げたのはウラン鉱の残土問題だよ」

「なんだ、そうだったのですか。しかし、残土問題はローカルでは話題になってるけど、中央レベルのニュースにはならないと思ってましたが」

「そこがさすがＮＨＫというべきかもしれないね。とにかく、たまたま何の気なしにつけたテレビにそれが映っていたものだから、僕は度肝を抜かれたよ」

「ふーん、しかし先生には、そういうことがよくありますねえ。いままさに執筆中──あるいは出版したばかりの作品のテーマが、社会問題としてニュースになる例は、これまでにも何度となく聞かされてますけど、ちょっと不気味だなあ」

「そうなんだよ、気味が悪いくらいなんだ。最近の話では、『透明な遺書』があたかも金丸失脚を予測したような内容だったし、現在連載中の『沃野《よくや》の伝説』が去年の凶作やコメの自由化、食管制度の破綻《はたん》を予言したような結果になりつつあることも、まさにその好例といえる」

「ほんとですねえ。いっそのこと、霊能者になって、占いでも始めたらどうですか？　そのほうが楽だし、儲《もう》かりますよ」

「ばか言っちゃいけない。あんな人心を惑わすようなインチキを、まさか信じているわけじゃないだろうね？　人間の弱点につけ込んで、金儲けをする——僕はああいうのが大嫌いなのは、よく知ってるだろう」

「はいはい、分かってますよ」

「第一、考えてみたまえ。これまでの『予言』のどれもが、きみの事件簿に書かれていたものばかりだよ。そっちのほうが不思議でならない。ひょっとすると浅見ちゃんには予知能力みたいなものがあるのじゃないのか——と思いたくなる」

「何を言ってるんですか。そういうインチキを信じないって、たったいま言ったばかりじゃないですか」

「ん？　ああ、いや、そういうことではなくてだね、この場合はインチキではなく、つまりその、想像力の問題だな。きみの場合は、とてつもない想像力を働かせて、見えないものも見てしまうのではないかという気がしてならないのだ」

「ははは、そんなすばらしい才能は僕にはありませんよ」

「いや、そうではない。どうも以前からそんな気がしないでもなかったのだが、きみの想像力というか、空想力というのか、それとも夢想癖なのか、とにかくただごとではないらしい。きみのおふくろさんが『光彦は、子供のころ、いつもボーッとしていました』と嘆いていたくらいだ」

「ボーッとしてたのは事実ですが……なんだ、それじゃ貶《けな》しているんじゃないですか」

「いやいや、認識を新たにしているのだよ。ボーッとしているように見えて、じつは想像力を駆使していたのかもしれない。たぐい稀《まれ》な想像力をね」

「たぐい稀かどうかは知りませんが、空想癖はありましたよ。本を読んでいると、その世界にどんどん入り込んでしまうようなところはありました」

「ほらね、そうだろう。幼いころからそういう資質を培ってきたんだな。読書は空想力を育てるのに……あそうそう、そういえば、文部省が教科書にマンガを取り入れるとか、学校図書館にマンガを加えるとか言い出したらしい。その理由は、子供の読書ばなれを防ぐためなのだそうだ」

「えっ？　それはおかしいですね。マンガが読書ばなれの元凶だと思ってましたが」

「そう思うだろう、僕も同じだ。しかし、役人や識者といわれる連中の中には、そう思っている人間が少なくないのだね。漫画家の石ノ森章太郎なんかを委員に入れて、本気でマンガ教科書の採用を検討し始めたようだ」

「しかし、そんなことをしたら、ますます読書ばなれを助長するようなものじゃないですか。子供たちに読書習慣を身につけさせるチャンスは、いまや学校教育の場でしかないっていうのに」

「その学校の国語教育が、子供たちに不人気だというところから、マンガ教育論が台頭してきたのだろう」

「それはたしかに、国語の授業がつまらないのは認めますよ。うちの姪《めい》や甥《おい》の話を聞いても、学校では漢字の書き順だとか、文法だとか、作家名と作品名の結びつけだとか、暗記物ばかりを教え込まれて、ちっとも楽しくないのだそうです。それに、授業で使われる文学作品は、いわゆる名作物ばかりで、居眠りが出る。むしろ、軽井沢のセンセのくだらないミステリー……あ、これは姪が言った言葉ですから、気を悪くしないでください」

「充分、気を悪くしているよ。しかし、きみの姪っ子の言うとおりだね。読書ばなれが進むからって、いきなりマンガへゆくという発想が、いかにも短絡的だ。それはたしかに、難しい政治の話や経済のこと、あるいはパソコンのマニュアルにマンガを使うのは、きわめて効果的で分かりやすいと思う。石ノ森章太郎の『マンガ日本の歴史』だったか、あれなんかはじつにいい仕事だ。しかし、それと読書を同次元で論じるのは見当違いもはなはだしい。読書の長所でもあり、もっとも重要な役割は、豊かな想像力、空想力を育てるところにあるのだからね。それと対照的に、マンガは状況や情景、人物像を固定して伝えてしまう。小説なら、主人公の人物像や顔かたちについて、読者それぞれが思い思いに想像できるが、マンガでは、そういった想像の入り込む余地がない」

「まったくですねえ。いったんマンガに描かれてしまうと、その顔なり風景なりが、事実だと錯覚され、定着してしまいますよ。鉄腕アトムやお茶の水博士があおいう顔であることは、いっこうに差し支えありませんが、小説の主人公——たとえば夏目漱石の『坊っちゃん』をマンガに描いたとすると、その坊っちゃんの顔が読者に認知されて、それ以外の坊っちゃんはすべて偽物になってしまう。原作者の意思やイメージとは無関係にそうなってしまうのだから、これは怖いですよ」

「そういうことそういうこと。かりに目がパッチリした、宝塚の男役みたいな坊っちゃんを描けば、それ以降、日本中の人間が思い浮かべる坊っちゃんは、すべて金太郎飴《あめ》みたいにそっくり同じの、目パチクリ美青年だとなると、これは相当に不気味だな。いや、他人事《ひとごと》ではないのだよ。去年、アンケート調査でテレビドラマの浅見光彦役を募った結果、第一位は辰巳琢郎だったが、じつは、それ以外に、『浅見光彦は水谷豊にかぎる』という投書が少なくなかった。こっちは水谷以外の、と断りを言っているのにだ」

「だけど、水谷さんと僕とでは、似ても似つかないじゃありませんか」

「そのとおりだ。きみのほうがずっと上品でいい男だよ」

「そんな、見え透いたお世辞を言わないでくれませんか」

「ははは、ほんの年始代わりだ。しかし冗談でなく、テレビドラマが長く続いたせいか、読者の多くは、浅見役といえば水谷豊――と思い込んでいるのだねえ。そこまで固定観念が浸透しているとなると、これは原作者としては具合が悪い。それに、じつにばかげた話だが、あまりイメージが固定化すると、こっちまでが水谷のイメージで小説を書くようなことになるのだよ。せっかく好評だったテレビドラマを中断したのは、そのためだったのだが……というわけで、マンガで読書ばなれを防ごうなどというのは、じつに下らない発想だと言いたいわけだ」

「ああ、それが本論でしたね。あまり寄り道が長いから、忘れてしまいました」

「どうも僕は発想が豊かなもんだから、つぎからつぎへと話題が飛び出して、きみなどはついてこられないだろうな」

「本当に天才的です。その調子なら、さぞかし執筆のほうも捗《はかど》ることでしょう」

「いやなことを言ってくれるね。せっかく気分が高揚してきたのに、またしぼんでしまうじゃないの」

「おやおや、それじゃ、しぼまないうちに電話を切りますよ。せいぜい頑張って、締切りに間に合うようにしてください。では奥様とキャリーちゃんによろしく」

「あれ、もう切るの？　冷たいじゃないの。ねえ、浅見ちゃん、もしもし、もしもし……チェッ……」

一九九四年二月

チョコレート

二月の主なニュース

3日　細川内閣「国民福祉税」創設などを骨子とする「税制改革草案」を発表

12日　リレハンメル冬季オリンピック開幕

28日　ボスニア上空でＮＡＴＯが設立以来初の武力行使

センセから浅見へ

拝啓　元気ですか。小生は目下、網代の仕事場に来ている。角川書店から出る『怪談の道』がようやく昨夜、脱稿して、ひとまずほっとした気分で手紙を書いている。夕方には郡司クンが「野性時代」の大和編集長（注・当時）と一緒に最後の原稿を取りに来る。正月の初荷のつもりが二月刊行予定に変更され、それも間に合わなくて、書店に並ぶのは三月なかばごろになりそうだ。三月十日の浅見光彦倶楽部の懇親会で、会員諸氏に渡すサイン本だけでも、何とか間に合うといいのだが……。

　その浅見光彦倶楽部会員のために書いた名著（?）『プロローグ』の刊行も、一月末の予定が半月以上も遅れてしまった。この分だと、今年も去年同様、各編集者に怒られっぱなしってことになるのは間違いない。

　といったようなわけで、とうとう正月気分なんて結構なものを知らないうちに、早くも立春を過ぎ、まもなくバレンタインデーがやって来る。ことしはチョコレートが貰《もら》えるか――などと、そんなセコイ楽しみしかない今日このごろだ。

そのチョコレートにしたって、きみ宛てに贈られてくるチョコのほうが、はるかに多い傾向が毎年強まっていて、それもあまり愉快ではない。浅見光彦倶楽部などというものが出来たことだし、今年はその傾向に拍車がかかるにちがいない。

浅見光彦倶楽部といえば昨日、事務局の高野サンに聞いたところによると、会員数は五千四百人を超えたそうだ。当初は七、八百人ぐらいかな——と予測していたことからいうと、これは驚くべき数字だよ。だんだん恐ろしくなってきた。

「浅見クンの人気は大したもんだねえ」と、やっかみ半分で言ったら、高野サンは慰め顔で「いえ、会員の中にはセンセも好きだとおっしゃる、変わった方も少なくありません」とのたもうた。

まあ、変わり者でも物好きでも、ファンがいてくれればいいとするか。

そうそう、二月十一日の紀元節に俳優の辰巳琢郎氏が拙宅にみえるよ。『浅見光彦シリーズ』がTBS系列で始まることになった、そのご挨拶だそうだ。ご丁寧なことではないか。稔《みの》るほどにこうべを垂れる——人間はこうでなければならない。

きみも彼と顔つきこそそっくりだが、京大卒の辰巳氏と三流大学卒、落ちこぼれのきみとでは頭脳の出来が違う。生活力の点では天地雲泥の差がある。辰巳氏にはおよびっこないにしても、せめて、そろそろ居候ぐらいは卒業したらどうかね。
うちのカミさんは、いまからソワソワと、その日の来るのを待ち焦がれている。きみも辰巳氏にあやかりたいと思ったら、当日、拙宅に来ないか。そうだ、辰巳氏ときみのツウショットなどを撮ったら、さぞかし面白いのじゃないかな。

敬具

浅見からセンセへ

拝復 秀才と落ちこぼれを対決させようという、心温まるせっかくのお招きですが、しがないルポライターとしては先生のお道楽のお相手をしているヒマは残念ながらありませんので、ご遠慮申し上げます。辰巳さんにはくれぐれもよろしくお伝えください。
そんなことより気掛かりなのは『K——事件』のその後です。先生も網代の仕事場で、ムショ暮らし同然のとらわれの身だったようですが、Kさんのほうは本物の拘置所暮らし、冗談を言っている状況ではないと思います。去年の暮の現地調査以来、事件のほうは公判の進展もはっきりしていませんし、獄中で十二度目の正月を迎えたKさんの心情は察するにあまりあります。

このところ相次ぐ検事の不祥事や裁判の逆転判決などを見るにつけ、司法に対する不信感がつのるのを否定できません。

Kさんの事件など、明らかに疑わしい問題点がいくつもあるというのに、われわれにはその真相を知るすべもありません。

裁判以前に、捜査当局がそれらの疑問に対して、明確な説明をしてくれればいいのですが、警察に行ってその点に触れると、「目下、公判中の事件については答えられない」と突っぱねられてしまうのですから、話になりません。

それにしても、「Kさんを守る会」の人々は、手弁当で動いているのですから、本当に頭が下がります。獄中のKさんも、そういう人たちがいてくれることが心の支えになっていることと思います。

人は世の中を自分の力だけで生きていると考えがちですが、予測もつかない不運に見舞われたとき、決して独りきりではないことに気づくものなのですね。僕も独り者ですが、先生のお蔭で大勢のファンの方たちに見守られていることを思い、感謝の気持でいっぱいです。いえ、これは真面目な話ですよ。先生もどうぞ、独りで頑張っているなどと悲観的にならずに、ファンの皆さんや僕の熱い声援があることを信じて、いい作品を沢山書いてください。

敬具

センセから浅見へ

前略 ははは、参ったねどうも。きみに「先生のお蔭」なんて言われると、背中がムズムズしてくる。しかしまあ、そう言ってくれるとほんと、嬉しいよ。

小説を書くっていう仕事は所詮《しょせん》は孤独な作業だから、たしかにムショ暮らしのような孤独感と厭世《えんせい》的な気分に襲われることがある。ことに僕のような夜遊びも昼遊びもしない朴念仁《ぼくねんじん》は、気散じの方法を知らないから、ストレスが溜《た》まって困る。

そういう際の心の支えは、やはりファンからの声援だね。励ましの手紙なんかを貰うと、またやる気が起きるから、ずいぶん単純なものだ。

もっともファンレターの中には褒め言葉だけじゃなく、批評や批判もある。時には、きちんと誤りを指摘してくれて、慌てて改訂することも少なくない。最近では『平城山《ならやま》を越えた女』で、じつにばかばかしい間違い——それもご丁寧にも同じ間違いが二箇所もあった。四六判から新書判、そして文庫判と、四年以上もの歳月を経ているのに、僕はもちろんのこと、編集者も気づかなかったどころか、およそ五十万人の読者に読まれてきて、はじめて誤りを指摘する手紙が講談社に届いたのだから、人間の錯覚というものは恐ろしい。

こういう批判はありがたいが、中にはときどき、「あれ、つまらなかった」という、じつになんとも、率直と言おうか、ぶっきらぼうと言おうか、とりつくしまのない批評があって、こういうのには大いに辟易《へきえき》する。

つまるかつまらないかは、人それぞれの嗜好《しこう》や感性によるものだから、その人がつまらなくても、他の読者にはウケたりもするし、またその逆のケースもあるだろう。たとえば『パソコン探偵の名推理』や『坊っちゃん殺人事件』のようなユーモラスな作風のものが好きな人もいるし、『死者の木霊《こだま》』や『透明な遺書』のような重厚なものにかぎると主張する人もいる。それを、いともあっさり「つまらなかった」とやられると、あたかも全読者の感想を代表しているようなインパクトで、作家のノミの心臓のような良心を直撃するのである。

とくに、僕の場合にはいろいろな分野に取材するし、マンネリを避ける意味もあって、作風それ自体にさまざまな工夫を凝らしたりもする。いうなれば冒険である。たとえば、『終幕《フィナーレ》のない殺人』などは、僕自身、どうかと思う趣味の悪い点もないではないが、あれも一つの冒険であり、また、当時大流行だったタレント本と、本格派志向に凝り固まった推理小説を皮肉るパロディであることも、賢明な読者なら見抜かれたにちがいない。

その点、浅見光彦倶楽部の会員から寄せられる手紙は、きみの人徳のしからしむるところなのか、僕に対して概《おおむ》ね好意的で、作品の批評も建設的なものが多い。このあまり若くもない作家を、なお育ててあげようという温かさがこもっている。ブタも煽《おだ》てりゃ木に登るがごとく、僕などは東京タワーのてっぺんにだって登ってしまいかねない単純人間だから、大いに創作意欲を引き起こされるのである。

話は変わるが、昨日、辰巳琢郎氏が訪ねてきてくれた。スターであるのに、じつに気さくな好青年で、顔だちと中身はともかく、雰囲気はきみとそっくりだね。おふくろさん役は加藤治子さんだそうだが、こっちのほうはいささか出来すぎの感が否めない——いや、これは雪江未亡人には内緒だがね。

辰巳氏に同行したＴＢＳの成合《なりあい》女史というのが、女優顔負けの才媛《さいえん》で、どこかで見たことがあると思ったら、最近まで、皇室担当の放送記者を務めていた人だった。容姿端麗、頭脳明晰《めいせき》が洋服を着たような魅力的な女性だった。

うまく騙《だま》くらかしてきみの嫁さんに——と思ったのだが、残念、彼女はすでに結婚していた。夫君の成合氏は同じＴＢＳのモスクワ駐在記者で、モスクワからの中継でその英姿を見せたが、これが何とも僕以上のハンサムで、颯爽《さっそう》としているのであった。きみには気の毒だが、どうもうまい具合にはいかないものだ。

で、彼女がしきりに、僕にもドラマにセンセ役で出演しろと勧める。いやなこったと一蹴《いっしゅう》したところ、もし僕が出演するなら、彼女が秘書役というかたちで付き合ってくれるという。僕が美人に弱いことを看破している。

「ご出演いただければ、わたくしも高千穂《たかちほ》へ出張できるのですけれど」と、色っぽい目で僕を見つめる。この手でダンナを籠絡《ろうらく》したに相違ない。きみなどは、間違いなくイチコロだろうね。

三月三日から一週間ほど高千穂でロケをやるそうだ。そのころ、僕は偶然、彼女の出身地である大分県の国東《くにさき》半島付近を取材する予定であったから、ロケを覗《のぞ》いてみようかなと思ったが、出演となると、どうも……というわけで、目下、心は千々に乱れている。どうしたらいいか、教えてくれたまえ。

浅見からセンセへ

前略　忙しい忙しいと言いながら、美女に誘われるとすぐにフラッとなるのだから、先生にも困ったものです。どうぞ出演でも恥晒《はじさら》しでも、何でもご自由にやってください。僕のほうは今日（二月十三日）から三日間、岡山県の津山と倉敷に取材に行きます。音楽大学の移転問題でひと騒ぎあるのだそうです。出掛けようと玄関まで来たら、先生からの速達が舞い込んだものだから、慌ただしくはがきを書いています。高千穂は僕にとっても懐かしい土地です。あまり評判を落とさないように、名演技を期待していますよ。

草々

センセから浅見へ

謹啓　ははは、きみが僕のテレビ出演にそんなに大賛成してくれるなんて、やっぱり持つべきものはいい弟子だね。人前に出たり目立ったりするのが苦手な僕としても、そうまで熱心に推されたのでは、だんだんその気になってくるから妙なものだ。まあ、素人だから、期待されるほどの名演技は無理としても、そこはそれ、マスクのよさでカバーして……マスクといったって、花粉症やデスマスクじゃないよ。

ははは、しかし照れるねえ。

ところで、昨日のバレンタインデーには驚いたなあ。来たのなんのって、チョコレートの数が二桁《ふたけた》だからすごい。ははは、僕の机の上はワープロがチョコで埋まって、仕事にならないほどだ。きみ宛てのもあったな。どのくらい来たか……そんなことはどうでもいい。まあ、チョコレートの数なんてことは男子たるものにとっては、大した問題ではないのだ。

話はまた変わるが、この欄を担当していた高柳クンが角川書店を辞めてニッポン放送のディレクターになるそうだ。今回の『軽井沢通信』が最後の仕事だとか言っていた。薬師丸ひろ子さんと共演したほどの、甘いマスク（花粉症ではない）の持ち主で、きみに成り代わって、『K——事件』の取材にも行ってくれたり、僕とも相性がよかったのだが、まことに惜しい人を無くしたものだ。

そういえば、高柳クンは今年になって山村美紗さんと林真理子さんを担当することになったばかりのはずである。漏れ聞くところによると、林さんは週刊誌のエッセイにそのことを書いて、大いにお喜びだったということだが、まさかそれがトラバーユの動機ではないだろうね。

忘れていたが、高野サンがきみに、チョコレートを取りに来てもらいたいそうだ。まあ大した量ではない。どのくらいかを言うのも不愉快だが、いずれにしても、トラックを頼むほどではないことは確かだろう。ではまた。

敬具

浅見からセンセへ

拝復　昨日の夜、倉敷から帰ってきました。音楽大学の移転問題はかなり深刻で、それに関係があると思われる殺人事件が起きています。真相はどうか分かりませんが、調べてみるつもりです。もっとも、先生に話すと、またぞろ小説のネタにされそうですから、なるべく当分のあいだ軽井沢に近づかないつもりでいます。

そんなわけで、チョコレートを頂きに行くことが出来ませんので、高野さんにはご面倒でも宅急便で送ってくださるよう、よろしくお伝えください。

敬具

上告棄却

一九九四年三月～四月中旬

三月の主なニュース

2日　細川内閣の支持率が急落
11日　食糧庁が国産米の単品販売から輸入米のブレンド販売を基軸とする適正販売を通達
25日　ロサンゼルスで日本人留学生二人が撃たれ死亡

センセから浅見へ

前略　忙しくしていて、しばらく手紙も出さなかったが、元気ですか。今日は取り急ぎ報告しなければならないことがある。四月二十五日に『高千穂伝説殺人事件』がテレビ放映されるのだ。辰巳琢郎氏扮《ふん》するところの浅見ちゃんは出来すぎだが、まあ、それはそれとして、あの長い作品をうまくまとめているよ。それに何といっても僕の名演技が見物《みもの》だ。とにかく一見に値する。後学のためにぜひ見たまえ。じゃあ、また。

草々

浅見からセンセへ

拝復　先生はいつも呑気でしあわせな方ですが、僕のほうは残念ながら悲しい報告をしなければなりません。千葉のＫさんの事件で、最高裁が上告棄却の決定を行なったとの連絡がありました。

決定の要旨は「被告人の捜査段階での自白には任意性があるとした原審の判断は相当である。本件殺人事件、窃盗の犯人であるとした第一審判決を是認した原判決に事実誤認があるとは認められない」というもので、最高裁での審査は主としてKさんの自白の任意性について検討されたものと思われます。

つまり、第一審判決後からとくに議論を呼んでいる、いわゆる「撃針痕」の信憑性《しんぴょうせい》についての判断（注・詳しいことは本書「一九九三年十月」の章参照）などにまったく触れることなく、ただ「判決は正しい」とだけ言っているにすぎないのです。

しかも、これが上告してから四年半も経てようやく出された結論だというのだから、いったい裁判官たちは何をやっていたのかと思いたくなります。獄中にある人間にとって、四年半はどれほど辛い日々であるのかを思えば、そんな悠長な作業が許されるはずがありません。

この判決を聞いて、僕は日本の裁判・司法に対する信頼が揺らぐのを覚えました。Kさんはもちろん、支援団体の人たちや僕のような第三者ですら、強い疑惑を抱いている肝心な問題については何ひとつ説明を加えずに、判決に従えと命じるのは、「寄らしむべくして知らしむべからず」という、旧憲法時代そのままの姿勢と言わざるをえません。

撃針痕について検察側が行った判断が、さらなる研究と科学的な実験の結果、やはり正しかったというのであるなら、それはそれでいいのです。

判決の結果はあくまでも司法の判断なのだから、正当なものであるかぎりいかなる結果が出ようと、それは一つの結論として尊重しなければならないし、それに対してなお不服があれば正規の手続きを踏んで再審を要求してゆく方法が残されています。

しかし、その科学的根拠を詳細に説明して納得させなければ、被告や関係者の裁判に対する不信や不満は、いつまで経っても拭《ぬぐ》えないままであるでしょう。

今回の場合は決定の結果よりも、上告のテーマとなっている「疑惑」について詳しく説明をしないという裁判所のありようそのものが問題だと思うのです。なぜ裁判所は再審査の内容について具体的に示すことが出来なかったのでしょうか？　このままだと、もしかすると、説明ができない——のではなく、警察や検察や一、二審の判決が間違っているのを認めたくないから——ではないのかと勘繰りたくなるではありませんか。

繰り返して言いますが、僕は頭っからKさん側の主張が正しいとは思ってません。警察や検察や裁判所がKさんを有罪と判断するについては、それなりの根拠があったことだろうと考えます。百歩譲って、その判断が間違いでなかったとしても、被告側の提示している疑問や主張に答えてやるのが、神に成り代わって人を罰する立場の人間の義務ではないでしょうか。

先生も見たかもしれませんが、「撃針痕」の疑惑については、ごく最近日本テレビ系列の夜十一時のニュース番組で特集企画として放映されました。その中でも、撃針痕の謎は解明されないままであることを報じています。日本全国の何百万という人々が、その疑惑に関心を抱いた可能性があります。

しかし、判決はその疑惑にも関心にも答えがなかった。その一方で、四国では殺人事件の犯人として十五年の刑に服した人の再審請求が認められ、無実が確定するというニュースも流れました。司法も間違いを犯すことがあると、司法自身が認めているなら、なぜ『K——事件』についてもより慎重な結論の出し方ができなかったのでしょうか。国民の疑惑や不信を、たった七行半の判決文で踏み潰《つぶ》すようなことをして、それで事足れりと思っているのでしょうか。

刑が確定したことによって、Kさんは懲役刑に服することになりました。刑期は十六年ですが、すでに十二年獄中で生活しています。これから再審請求を行なっても、その結果が出るころにはKさんはすでに刑期を終えているでしょう。たとえその後、無実が証明され、名誉が回復されたとしても、Kさんが失った歳月は永遠に取り戻すことができません。しかも、Kさんに支払われる刑事補償金や膨大な裁判費用など、すべて国民の税金によって賄われる。そのことを思えば、この長すぎる裁判や、理不尽な判決こそ、裁かれなければならないと思えるのです。

書けば書くほど、考えれば考えるほど腹立たしく悲しくなるばかりですから、もうペンを置きます。先生もあまり軽率な言動をなさらないほうが身のためですよ。いつどこで、ひょんなことから罪に陥れられないともかぎりませんからね。お元気で。

敬具

センセから浅見へ

前略　浅見ちゃんの怒りはもっともだ。この事件のことを知れば知るほど、捜査段階から判決に到《いた》る過程のいろいろな場面で、司法は道を誤ったのではないかと考えられるフシがある。ずっと以前に、この事件のことを知った時点で、まず事件の発生の仕方そのものからして疑惑がある――と書いたけれど、その点をあらためて調査すべきなのかもしれないね。

Kさんのケースばかりでなく、これまで幾度となく繰り返された冤罪事件では、取り調べに当たった警察官も検事も、判決を言い渡した裁判官も、誰一人その責任を問われ罰せられた者はいないのじゃないかな。これは明らかに不公平というものだ。被疑者に対して物理的精神的拷問を加え、恣意《しい》的な供述調書を作成した警察官は、その事実が分かった時点で、当然処罰され、誣告《ぶこく》罪に等しい刑罰を与えられるべきではないだろうか。

しかも、この事件では発生時点に警察官が関わっていて、その関わり方に疑惑があるような話も聞いている。古い話だから僕の記憶違いかもしれないが、じつは事件の背景には何か恐るべき陰謀が隠されているのではないか――という疑いを直感的に抱いたことだけは、はっきり憶えている。そのことはともかくとしても、少なくとも、かりにK氏が無実であるとすれば、真犯人は別のところにいることは事実なのだ。K氏に科せられた十六年という刑期は、殺人事件の時効である十五年を超えるものであることにも、重大な意味があるようにさえ思えてくる。

世はまさに花の盛り。花に背を向けて獄舎にいるK氏の心情を察すると、慰める言葉もない。K氏を救うために手弁当で活動している多くの人々の落胆もいかばかりか。

裁判官といえども人の子であるなら、もっと血の通った言葉で、懇切丁寧に判決理由を語ってもよかったのではないか。花を愛《め》で、酒を酌む折にでもいいから、心の片隅ででもいいから、K氏のことに思いを馳《は》せ、再審の道のことを考えてやって欲しいものだ。それとも、彼らにこんな希望を託すのは、それこそ引かれ者の小唄《こうた》でしかないのだろうか。

この事件にきみを引きずり込んだ、最初の依頼人である僕が言うのもおかしいが、K氏の事件について、浅見ちゃんはよくやったと思う。僕はチャランポランで気まぐれな男だが、きみは真剣に取り組んでいたね。K氏や守る会の人々はこれから先も再審を目指すことになるのだろうけれど、たとえその努力が実らなくても、きみにとって、世の中の仕組みや不条理や人の悲しみを知る、得難い勉強になったことは間違いない。
何はともあれ、ひとまずご苦労さんと言おう。ありがとう。

草々

浅見からセンセへ

拝復　先生からこんなに真面目な手紙と感謝の言葉を頂戴したのは、ずいぶん久しぶりのことのような気がします。正直言って、かなり落ち込んでいただけに、一入《ひとしお》身にしみて嬉しく思いました。
自分でチャランポランなどと卑下なさっているように、いつも駄洒落《だじゃれ》ばかり言って、いいかげんなふりを装っていますが、真実の先生はやはりすてきな人だったのですね。心から見直しました。いつまでもついて行きたいと思います。これからもよろしくご指導ください。

敬具

追伸　大変勝手ながら、浅見光彦倶楽部創設記念懇親会に欠席します。会員の皆さんによろしくお伝えください。

センセから浅見へ

前略　ひどいやつだねきみは。パーティの当日に欠席の通知が届くのだから、会員諸君は憤慨していた。僕の顔は丸つぶれだ。しかしまあ、浅見ちゃんがいなくても、ファンはそれなりに満足してくれたらしいから安心したまえ。中には「浅見シリーズ」でなく、「竹村」や「岡部」といった名警部の作品も書いて欲しいという、高級な読者もいて、僕の人気は必ずしも浅見ちゃんのお蔭だけでないことが立証された。きみも安閑としてはいられないぞ。もっと真面目に働いて、事件簿やレポートをどんどん送ってくれないと、遊んでやらないから。

パーティは軽井沢プリンスホテルの「長野」という巨大パーティ会場に、二百人の会員が参加して行なわれた豪勢なものだったよ。中華料理も食いきれないほど出たし、各社編集者が二十数人も協力して接待に当たってくれた。人前では思ったことの十分の一も喋《しゃべ》れない僕が、よほど気持ちが高揚していたのだろう、珍しく流暢《りゅうちょう》なお喋りをして、盛大な拍手を浴びたものだ。

北は北海道から南は沖縄まで――というけれど、まさにその通りの参加者で、遠路はるばる来た人に十分満足してもらえたかどうかだけが心配だった。だからといって、その人たちにだけキスの雨を降らせるわけにもいかないしね。

中に車椅子の少年が一人いて、言葉を交わした。不自由な手指を動かして、文字表を使った会話だった。僕の本を愛読してくれているのだが、カセットやCDなどは出さないのかと、鋭い質問を受けて、そういうメカに弱い僕はタジタジとなった。

ともあれ、僕は彼が来てくれたことに感激したよ。あぶなく涙を見せるところだった。全国には彼のような読者や、病床にある読者も大勢いるにちがいない。そのほか、いろいろな立場で、それぞれの世界の中で暮らしている、さまざまな読者の一人一人に、僕の送る拙《つたな》い作品は、どのようなメッセージとして受けとめられているのだろう――そういったことを、あらためて、しみじみと考えさせられた。

楽しいばかりでなく、学ぶべきことの多いほんとうに充実したパーティになった。前後三時間半におよぶ長い催しであったにもかかわらず、あっという間に過ぎてしまったような、名残惜しい気分だった。

ファンクラブを創《つく》るのが作家にとっていいことなのか――僕は疑問に思っていた

し、いまでも本当のところはよく分らない。しかし、見えていなかったメッセージの受け手を実感できることだけは、少なくとも、独りよがりな作品を生まないようにする効果はあると、いまでは信じている。

それにしても、会員の増加はいぜんとしてやまない。事務局の話によると、四月十日現在、すでに六千三百人を超えたそうだ。「反永久的」と豪語して五千人分を設定したコンピュータは、とっくにパンクして、急遽《きゅうきょ》八千人分まで増やしたけれど、それも怪しくなってきた。スタッフは心配そうに「どこかで打ち切ったほうが……」などと言い出す始末。そんなことを言ったって、ファンに対し奉り打ち切るなどという失礼なことはできないではないか——と言ったものの、僕も自信があるわけではない。

会員が増えれば『浅見ジャーナル』の発行回数も増やさないわけにいかなくなる。第一、この夏軽井沢にオープンするクラブハウスに、どっと会員がやって来たりしたら、いったいどうすればいいのだろう……と、嬉しい悲鳴というには、いささか余裕のない切迫した事態となっている。

もっとも、僕のほうは倶楽部はカミさんとスタッフ任せにして、このところ著作に専念している。今年は「月刊内田でゆくのだ」などと、編集者諸氏に大言壮語を吐いた手前、月刊はともかく、それに近い作品を書かなければならない宿命にある。
　そういうわけだからして、浅見ちゃんよ、きみの優秀な事件簿をどんどん送ってもらいたいのだよ。よろしく頼みますよ。
　ところで、五月十八日頃、スタッフ全員を引き連れて天河《てんかわ》へ行くことにした。きみもよかったら一緒に行かないかい？

草々

浅見からセンセへ

拝復　どこまでが真剣でどこまでがジョークなのか、どうも、先生のことを真面目に考えると、こっちまでが二重人格者になってしまいそうです。読者のほとんどは先生を人格者だと信頼しているのだから、少しはそれらしくしてくれないと困ります。天河へ行くそうですが、僕はご遠慮申し上げます。理由はあえて言いません。
どうぞお気をつけて行ってらっしゃい。

敬具

視聴率

一九九四年四月下旬～GW

四月の主なニュース

5日　細川首相が辞意表明
25日　自動車生産、日本が十四年ぶり首位転落
26日　名古屋空港で中華航空機墜落炎上
28日　羽田内閣発足

センセから浅見へ

前略　四月二十五日に放送された『高千穂伝説殺人事件』の視聴率は十八・八パーセントだったそうだ。

その夜、僕はちょうど網代の仕事場に行っていて、「さつき寿司」で松岡女史と遅い晩飯を食っていた。ドラマが始まる少し前、テレビの画面にニュース速報の字幕が入って、連立与党の内、新生、日本新、民社といったところが「改新」という会派を作ったために社会党が怒って党首会談から村山委員長が抜け出したという騒ぎを報じた。

これは呑気にドラマなんか観るひとはいないな――と思っていたから、十五パーセントをはるかに超える視聴率というのは満足すべきものなのだろう。

ＴＢＳの成合プロデューサーがカミさんに電話してきて喜んでいたそうだ。早速、反省会をやって、よりよい作品になるよう頑張るということらしい。僕にも責任の一端があるから、この結果にはまずまず安心した。

とはいうものの、未曾有《みぞう》の珍政治劇をそっちのけで、ドラマなんかを観ているひとがそんなにいることは、あまり感心した風潮とはいえないかもしれない。

逆に、そこまで庶民にそっぽを向かれた政治の情けなさを、あらためて認識させられた。まったく、このところの政治家どもの体《てい》たらくには呆れるほかはない。いや、政治家ばかりではない、マスコミも評論家も、そういう政治の尻を追いかけて、振り回されっぱなしだ。しっかりした視点に立って、どっしりと世の中を見据える人間が少なくなったから、ただいたずらに右往左往、右顧左眄《うこさべん》、その時々の状況にくっついてゆくのが精一杯というありさまになる。

もっとも、しっかりした理論や信念を持っているといっても、小沢一郎のような人にも困ったものだ。ああいうタイプの人は自分以外の人間はすべてが馬鹿に見える。「おれの理論や政策がこんなにすばらしいのに、なぜ汝《なんじ》らには理解できないのか」と思う。「社会党なんかは分からず屋の集団だ」ぐらいにしか考えていないにちがいない。

その社会党に関してだって、一人一人はきっと頭のいいひとばかりなのだろうけれど、全体がまとまると、僕のような単細胞人間には何を考えているのかよく分からない。

だいたい、世界的に社会主義理論が崩壊した現在もなお、「社会主義」を後生大事に看板にしているのが不思議だ。革新を標榜《ひょうぼう》するのなら、まずさっさと「社会」の名前を捨てるところから自己改革を始めるがいいではないか。それをしないから、社会党に同調したくても踏み切れないでいる国民がどれほど多いことかしれない。

消費税反対で支持率がアップしたって、それは国民の都合でそうなった一過性のものでしかない。だからって社会主義そのものが支持されたかのごとく錯覚されては、たまたま一票を投じた庶民にしてみれば、迷惑千万なことだ。

平和護憲、消費税反対に関しては支持したい国民も少なくないのだから、早いとこ社会主義政党ではないことを宣言し、党名をたとえば「自由社会党」のようなものに変更すればよさそうなものだ。

「自由社会」がいやだなんて言うひとはほとんどいないのだから、社会主義アレルギーのひとも安心して支持できるし、やがては二大政党時代に立派に対応できる勢力になりうるだろう。

名前を変えるだけで旧態依然とした社会党のイメージが一変するのだから、これほど簡単なことはないと思うのだが……。

ガラにもなく真面目っぽい話をして、なんだか照れくさい。話題を元に戻して、テレビドラマの件だが、『浅見光彦倶楽部』に寄せられる手紙を見せてもらったけれど、会員の評判は千差万別、神社仏閣、毀誉褒貶《きよほうへん》が入り乱れて、人間の好みとはかくも広範なものか——と感心させられた。

ドラマ全体についての批評はまさにいろいろであった。「とてもよかった」というのを含めて、好意的な意見のほうがむろん多かったが、「がっかりした」という意見も少なくない。

長いストーリーを二時間枠のドラマに仕立てるのは、どだい無理なのだから、完璧を期するわけにいかないのだが、それを割り引いても得心がいかないひともいるのだ。

中には「テレビ化はもうやめて」だとか、もっとも手厳しいのは「内田作品は好きだけれど、内田さんは嫌いです」などというのもある。僕がドラマの中にチラッと出演したことが気に入らないらしいのだが、その意見に関しては僕も同感だ。ストーリーに関係のないシーンを作ってまで、わざわざ作者が出ることはない。

弁解じみるけど、僕が出たのは「視聴率を上げるためです」というスタッフの命令に従ったまでのことだが、やっぱりよくないものはよくないのである。これに懲りて、テレビには今後、ドラマばかりでなく、一切出ないことにしようと思っている。

浅見ちゃんの役を演じた辰巳琢郎氏についての評判は概していいのだが、それでも不満をぶつけるファンが多いのに驚かされた。僕に言わせれば、辰巳氏は初の主役ということで、多少は固くなっていたかもしれないが、それなりによく演じていたと思う。

とくに当惑させられるのは、「水谷さんのほうがよかった」と主張する手紙が舞い込むことである。

本人を前にしてなんだけど、前のシリーズの浅見役・水谷豊氏との比較でいえば、辰巳琢郎氏のほうがはるかに浅見ちゃんの実像に近い。いや、極論すれば水谷氏は浅見ちゃんとは似ても似つかないキャラクターだったのである。そのことは、僕の本を読んだひとなら分かりそうなものだ。にもかかわらず、水谷氏に対する支持率が高いのは不思議でならない。

あれだけ長くシリーズをやっていると、虚像のほうが実像よりもイメージが強くなってしまうものらしい。

いや、ファンばかりでなく、作者の僕自身までがテレビドラマに影響されて、執筆しながら、浅見ちゃんのイメージを水谷氏風に叙述する傾向があった。悪貨が良貨を駆逐する——と言ったら、水谷氏に怒られるかもしれないが、あれほど好評で視聴率も高かった前シリーズを中断した理由のひとつが、じつはそれだったのだ。

もう一方の側に『天河伝説殺人事件』の映画で浅見ちゃんを演じた榎木孝明氏がもっともいい——という意見も多かった。それについては僕も否定しない。ただし辰巳氏とは対照的なキャラクターとして、どちらも浅見ちゃんと共通するイメージを持っていると考えている。

榎木氏といえば、TBSに後れて某テレビ局が「浅見シリーズをやりたい」と申し入れてきたとき、僕は「榎木氏でなら」と条件をつけた。それに対して某局のプロデューサー氏は「石黒賢クンでやりたい」という。石黒氏も魅力的なスターにはちがいないが、やはり浅見ちゃんのイメージということになると、ほど遠いものがある。

僕や浅見ちゃんが死んだあとでなら、誰が演じても構わないが、本人が生きて活躍しているのに、そっくりさんどころか、まったくの偽者が大手を振ってまかり通るようなことになると、本人のほうが偽者に思われたりしかねない。それでは大いに困るのではないか。ご本人としてはどう思うか、ぜひ聞かせてもらいたいものだ。

草々

浅見からセンセへ

拝復　僕もあのドラマを観ました。終始目を覆いながらです。

水谷さんは僕とはぜんぜん異質のキャラクターでしたから、むしろ別の人物の物語のようで、あまり気にならなかったのですが、辰巳さんの場合はなんだか僕自身がドラマに出ているようで、恥ずかしくてなりません。

榎木さんのときもそうでしたが、あれは一回ポッキリの映画だからまだしも、テレビはシリーズでまた放送されるのでしょう。参ったなあ。いっそのこと、視聴率が悪くて打ち切りになればいいのに。

それはそうと、先生の英姿はそう悪くなかったですよ。「先生が嫌い」と言ったひとは、たぶん先生がテレビ局に無理を言って、強引に出演したと勘違いしているのじゃないでしょうか。

もっとも、あんなセリフつきの出方をしないで、ただの通行人みたいな、さりげない出方にすればモアベターだったと思いますけどね。まあ、どっちにしてもそう落ち込んだり拗《す》ねたりしないで、機会があったら、また出てくださいよ。

あ、それからおふくろに言わせると、「加藤治子さんが私を演じてくれたのは嬉しいけれど、あのペラペラした着物は何とかならないものかしらねえ」ということのようです。大島か何かの、渋くてシャキッとした着物にすればよかったのでしょう。

ついでに言うと、うちの須美ちゃんはあんなに出しゃばったりしませんよ。食事のテーブルにはもちろん一緒ですが、ずっと控えめで奥ゆかしい。それと須美ちゃん役の女優さんが「光彦さん」と呼んだときは、背筋がゾクゾクッときました。「坊っちゃま」と呼ぶのはやめてくれ——と須美ちゃんに頼んでいるのを撤回することにします。

モデルにされている僕個人としては、やっぱりドラマ化は反対ですが、それはわがままというものでしょうね。客観的に言えば、まずまずの出来だったのではないでしょうか。他の番組と比較しても、決して遜色《そんしょく》ないし、「もうやめて」なんて言うほどのことは絶対にありませんよ。何はともあれ、次回作に期待しております。
ところでゴールデンウィークにはどこかお出かけですか？　軽井沢もラッシュ状態でしょうけれど、僕のような旅専門のルポライターにとっては、こういう休み続きは身動きが取れませんから、完全に失業状態で、今月分の食い扶持《ぶち》とソアラのローンが心配でなりません。では奥様とキャリー嬢によろしく。

敬具

センセから浅見へ

五月一日から八日まで、姪のミカヨが大阪から来襲して、ゴールデンウィークを丸々、居つづけた。ミカヨはよほど軽井沢が好きなのか、夏も冬も休みとなるとわが家にやって来る。ボーイフレンドがいないとは思えないのだが、独りで別荘地の中を散歩したり、庭の日溜《ひだ》まりで本を読んだり、することが変わっていて、見ているだけで飽きない。お蔭で開店休業。近来にないのんびりした日々を過ごすことができたのはいいけれど、仕事の遅れを考えると安閑としてはいられない。

そのミカヨも芳紀まさに二十歳《はたち》になった。神戸の甲南女子大学の三回生だが、いまどきの女の子にしては珍しく料理が好きで、けっこう役に立つ。家は裕福なのにケーキ屋でアルバイトをしたり、この休み中も『浅見光彦倶楽部』で会報の発送を手伝うアルバイトをしていたようだ。もっとも、そうして貯《た》めた金でヨーロッパへ出掛けて行くというあたりが、僕らの学生時代とはまるで違う。何でも思いのままやってのけるし、またそれができてしまう、いまの若い人たちは本当に幸福だね。

作品に若い女性を登場させる際に備えて、頭の中にさまざまな女性像をインプットしておく必要がある。そういう目で観察してみると、なかなか興味深い。

昔と今の女性を比較すると、圧倒的に異なる点は情報量にあると思う。昔は単純に、あるいは一面的に物事を見たり受け入れたりしていた。いまは複雑な情報が、同時に多方向から押し寄せてくるし、不要な情報までが氾濫《はんらん》している。

その結果として、若い女性たちは総じて物知りが多い。つまらないことまでよく知っている。女性にかぎらず、昔は年長者のほうが知識人だったが、いまは知識の量だけからすると、若い人のほうが多いといっていいだろう。とくにコンピュータに馴《な》れ親しむ若い人にとっては、無限の情報源を抱えているようなものだから、おとなたちに学ぶべきものは、ほとんどないに等しいと思っているかもしれない。

八日の午後一番の特急「あさま」でミカヨは帰って行った。夫婦で送って行ったのだが、別れ際にふっと涙ぐんで、慌ててそっぽを向いていた。ドライな子だとばかり思っていたけれど、そういうウェットなところもあるらしい。どうも娘ごころは不可解だ。

といった具合に、若い女性はひと筋縄ではいかないから、浅見ちゃんも気をつけたほうがいいね。ではまた。

浅見からセンセへ

先生は小説家だから、女心なんかは何でもご存じかと思っていましたが、そうでもないみたいですね。ミカヨさんばかりでなく、若い女性——いや僕たち男だって、みんな楽しげで屈託なさそうに見えても、じつはそれぞれ悩んでいるし、寂しいのですよ。名門女子大に行って、海外旅行をして――という、いまどきの若い女性の典型みたいなミカヨさんの、独り別荘地を散歩する姿が、そのことを象徴しています。

たしかに若い者は知識は有り余るほど豊富だけれど、生き方の知識は乏しいのではないでしょうか。人間どう生きればいいのか。何のために生きるのか――僕だって人並みに想い悩むことがありますからね。

若い者がおとなたちに望むのは、そういう生き方の指針を教えてくれることだと思います。いまの政治家たちを見ると情けなくなりますが、それでも大人はおとなです。先生も、ミカヨさんがふと涙ぐんだように、縋《すが》りたくなる、頼もしい存在であってください。

東大寺

一九九四年五月

五月の主なニュース

1日　F1ドライバー、アイルトン・セナが決勝レースで事故死

6日　南京大虐殺「でっち上げ」発言で法相が辞表

9日　南アフリカ共和国でネルソン・マンデラ大統領誕生

センセから浅見へ

拝啓　真夏を思わせるような気温の高い日がつづいて、軽井沢はすっかり濃密な緑に包まれてしまった。浅見ちゃんも元気でやっていることと思う。

五月十七日から二泊三日で、吉野——天河——鳥羽《とば》と、『浅見光彦倶楽部』のスタッフを引き連れて遊んできた。夏にクラブハウスがオープンしてしまうと、全員が揃って旅行するチャンスは永久にこないだろうから、最初で最後の旅行会をプレゼントしたというわけだ。

総勢八名が二台の車に分乗して、一台は僕が、もう一台は中央公論社の新名クン（注・当時）が運転するという大サービス。新名クンはたまたま仕事の打合せに来て旅行の話を聞いて、うっかり「いいなあ、僕も行きたいなあ」などと口を滑らせたのが運の尽きとなった。「じゃあ行きましょう。ちょうどよかった」と食いつかれて、いまさら断るわけにいかなくなったのは気の毒なことであった。

倶楽部のスタッフは全員、運転はできるのだが、情けないことに長距離は自信がないというのである。その点、僕はもちろん新名クンも全国を股《また》にかけて取材で走り回っているから、関西くらい屁《へ》みたいなもの（いや、関西が屁であると言っているわけではないので、関西地方の方は気を悪くしないで下さい）だ。運転手は僕だけで、電車で行くしかないかな――と、諦《あきら》めかけていたところに、まさに飛んで火に入る新名クンになった。

もっとも、それではあまりに申し訳ないし、作家の権力をカサに着て――などと誤解されるといけないから、雑誌連載を始めることを前提に、取材を兼ねるという大義名分を確立した。

朝の六時に軽井沢を出発、岡谷《おかや》から中央高速に乗り、途中、駒ヶ岳《こまがたけ》サービスエリアで朝飯を食って、昼少し前に宇治に着いた。そこで昼食を食って、平等院を見学。それから奈良へ向かい、浄瑠璃《じょうるり》寺、岩船《がんせん》寺を巡って、奈良坂の夕日地蔵を訪ねた。浄瑠璃寺も岩船寺も静かな佇まいで迎えてくれたし、夕日地蔵は相変わらず、情緒も何もない町角の窮屈そうな片隅で、何が楽しいのか、屈託もなく微笑《ほほえ》んでいた。

そこまではよかったが、東大寺へ行ったとたん、心楽しい気分が一変して、おじさんは頭にきた。

奈良は一年中が観光シーズンみたいなものだから、予想はしていたものの、駐車場がなかなか見つからない。やっとのこと、おそろしく遠い駐車場に車を置いて、重い脚を引きずるようにして辿《たど》り着いてみると、東大寺は何やら工事をしていて、表門をシャットアウト、境内には入れない。

昭和の大修理はたしか終わったはずなのに――と不審に思いながら、矢印の指示に従って、外郭の回廊をずーっと左の奥のほうへ迂回《うかい》して、大仏殿の脇からいきなり堂内に入らされた。狭い堂内を修学旅行の生徒と一緒に押し合いへし合いしているうちに、なんとなく大仏をグルッと回って、堂の右側へ押し出された。それっきりである。

「何だ、こりゃ？……」

敬虔《けいけん》な参詣の気分など、いっぺんでどこかへ吹っ飛んだ。大仏の野郎、テメエがでかいと思って、おれたちを馬鹿にしやがって――と腹が立った。

工事用の囲いの隙間から覗くと、境内の大仏殿の前には、大仏殿と同じほどの高さに櫓《やぐら》をいくつも組み上げ、巨大な照明灯を数十個も設置している。いったい何の騒ぎだ？――と気をつけて見ると、ところどころにポスターが貼ってある。『ＧＭ

E'94 AONIYOSHI』だとかいう国際的な音楽祭が数日後にここで行なわれ、何とかいう外国の歌うたいや、何とかいう日本の歌手が出演するらしい。

回廊の外には、NHKテレビの大きな車がズラッと並んで、ごうごうとエンジンをふかしている。参拝者が通る通路の足元にはケーブルがいく筋も伸び、周辺を腕章をつけた関係者が忙《せわ》しげに行き来する。回廊に囲まれた境内では舞台でも構築中なのだろうか、外よりももっと混乱しているように見えた。

ようやく状況が呑み込めた。『GME'94』なる巨大イベントを開催するための準備がトンテンカンと進められているのだ。割を食った参拝者たちは境内から締め出され、ゾロゾロとごった返しながら、家路を辿るヒツジの群れよろしく、大仏殿だけを通過させられるという仕組みであった。

馬鹿にしやがって――とまたあらためて腹が立った。こんな不条理が許されていいのか――と思った。

だいたい東大寺を何だと心得ているのか。『GME'94』だか何だか知らないが、そんなものをなぜ東大寺でやらなければならないのだ。東大寺は東京ドームか、武道館か、両国国技館か、福岡ドームか、鴨川《かもがわ》シーワールドか。広い場所が必要なら、大阪城か富士の裾野《すその》か賽《さい》の河原ででもやればいいじゃないか。主催者も主催者だが、場所を貸すほうも貸すほうだ。いったい東大寺の悪僧どもは何を考えているのだ——と、もうムチャクチャに腹が立った。

奈良市当局だって罪が深い。唯我《ゆいが》独尊の坊さんたちに人並みな社会常識を期待するのは無理かもしれないが、役所の連中は日頃から規則規則と小うるさいくらいの常識人たちばかりであるはずではないか。その連中が寄ってたかってあのばか騒ぎを承認したばかりか、バックアップする構えなのだから呆れる。良識のＮＨＫがどうやら主催者側の一員であるらしいことも、何やらそら恐ろしくなった。まさに末世の時代である。

「奈良の大仏」といったって、ただのでっかい彫刻というわけではあるまい。東大寺がただの巨大建造物だと思う者はいないだろう。もちろん、事実上は莫大《ばくだい》なカネを稼ぐ観光資源であることを否定するものではない。しかし、嘘でも建前でもいいから、信仰のシンボルとしてそこにあって欲しいと願うのは、ほとんどの日本人に共通する想いではないだろうか。信仰のシンボルであるからこそ、東大寺や奈良は、千年の歳月を生き抜いてこられたのではないのか。

東大寺に参詣し、大仏様の御姿を仰ぐ——というのは、奈良を訪ねる人々の最大の目的である。善男善女やお年寄りはもとより、修学旅行の子供たちだって、わけも分からないなりに参拝したのをご縁に、もしかすると信仰の端緒をそこで見つけるかもしれないのだ。現にわれわれだってそうだった。日頃、あまり信心に関係のないスタッフを連れてあちこちの寺を回ったのは、日本文化に触れさせる意味もあるが、それを支えてきた信仰の世界を垣間《かいま》見てもらいたいと思ったからにほかならない。

東大寺に参り、表門を潜《くぐ》って広大な境内の玉砂利の上に佇み、大仏殿を仰ぎ見るとき、われわれは遠い祖先のことや、「大和《やまと》しうるはし」とうたわれた「まほろば」の昔を偲《しの》び、日本のこと、日本人のこと、わが生き方のことなどを考えるのである。マメのできた足を引きずって、ただの巨大仏を冷《ひや》かしに来るわけではないのだ。

その聖域である東大寺の境内が、こともあろうに歌うたいの大騒ぎの場に供されるために、半月だか一ヵ月だかのあいだ、全国からやって来る人々を締め出しているのだから、その理不尽たるや言語を絶する。どうかね、浅見ちゃんはそうは思わないかね。こんなことで怒り狂った僕が間違っているのだろうか。とにかく僕は悲しかったよ。

敬具

浅見からセンセへ

拝復　先生のお怒りはごもっともだと思います。いつもは美しい言葉で日本のよさを語る先生が、罵詈《ばり》雑言《ぞうごん》、悪態のかぎりをついてご不満を表明しているのですから、よほどお怒りのことだったのでしょう。それにしても、いくら腹立ちまぎれとはいえ、日頃の高貴な紳士に似合わず、お手紙に物凄《ものすご》い言葉をお使いになっているのに驚きました。相手が僕だからいいようなものの、こんなのはほかの人にはおっしゃらないほうがいいですし、まかり間違っても『軽井沢通信』なんかに公表などなさらないようにしてください。

先生のお腹立ちや悔しさにもかかわらず、スタッフの皆さんは今回の旅行を十分、楽しまれたそうではありませんか。聞くところによると、吉野の「桜花壇」のご主人が『浅見光彦倶楽部』の会員で、宿泊費をどうしても実費しか受け取らないと言ってくれたそうですね。

おかげでその分、伊勢でパールのおみやげが買えたと大喜びしていましたよ。南朝の時代から、吉野の人々は気持ちが温かいのでしょうか。それにしても、優しい善意の会員に恵まれて、先生はほんとうに幸せな方だと思いますよ。

新名さんから写真を送ってくれたのを見ましたが、先生はじめスタッフ諸氏、皆さん元気そうで何よりでした。例のテレビドラマに出演したことを貶《けな》されたとかで、ずいぶん落ち込んでおられるみたいでしたから、心配していましたが、この様子ならまだまだ大丈夫そうですね。とはいえお体を大切になさってください。あまりお怒りになると血圧が上がることが心配な年代なのですから。

敬具

センセから浅見へ

前略　いやいやお恥ずかしい。前の手紙で僕はよほどひどい悪態をついたらしいね。若はげのいたり……もとへ、若げのいたりとはいえ、きみの言うとおり、高貴と上品を売り物にしている僕としたことが、われを忘れ、感情の赴くまま、つい本音をナマのまま吐き出してしまった。

しかし、いくら冷静になって考えても、あの日の東大寺はひどかったよ。世の中がおかしくなっていることを、つくづく思い知らされた感がある。宗教人はもとより、政界や財界、文化人の中にも心ある人が多いはずなのに、なぜあのような愚行がまかり通ってしまうのか、不思議でならない。東大寺には檀家《だんか》っていうのはないのかね？　まさかプロモーターや興行師が支配しているわけじゃないのだろうね？

まあいいや。考えれば考えるほど不愉快になる。それに、東大寺のその件をべつにすれば、大和はやはりいいところ、まほろばだと思うしね。とりわけ、吉野の人の温かい気持ちに触れて、その夜からずっと、楽しい旅になったことだしね（余談だが「大和」で思い出した。「野性時代」編集長の大和氏が昇格人事で書籍の方へ移るらしい。彼の編集長就任を励まして始めた『軽井沢通信』だが、これを機会にそろそろ幕を閉じようか――と考えている）。

吉野も天河もよかった。浅見ちゃんにとっては、『天河伝説殺人事件』の重い悲しい記憶の蘇《よみがえ》るところかもしれないが、僕たちは無邪気に楽しませてもらった。勝手神社の脇から黒滝村《くろたき》を通って天川村へ抜けてゆく道は、いかにも「里」の雰囲気があって、ただ通り過ぎてしまうのが惜しい気がした。

天ノ川の清冽《せいれつ》な流れ、緑したたる天川谷の山襞《やまひだ》……風景のすべてが心洗われるような気配に満ちていた。天河神社では柿坂宮司がお留守（三度参拝して三度ともお留守、まったくついていない）で、ご長男に接待され、全員が社務所に上がり込んでお茶をご馳走《ちそう》になった。だからおべんちゃらを言うわけではないけれど、天河神社はひところスキャンダルめいたことで話題になったが、東大寺のばか騒ぎに較《くら》べれば、この社の静謐《せいひつ》ははるかに天意に即しているよ。遠からずまた天河を訪れるつもりだ。その時は、宮司さんの手から天河神社の五十鈴《いすず》を頂戴して、クラブハウスの展示室に飾ることにしている。

クラブハウスといえば、ようやく工事も軌道に乗り、七月二十九日の落成式には間に合いそうだ。当日は辰巳琢郎氏、ヴァイオリンの古澤巌《いわお》氏、軽井沢町長をはじめ、貴顕《きけん》は少ないが危険人物は多い編集者諸氏などで賑《にぎ》わうはずだ。もしかすると榎木孝明氏も来てくれるかもしれない。午後二時からだが、浅見ちゃんもよかったら来ないか。

草々

浅見からセンセへ

前略　先生の手紙を読むと、いったいいつ仕事をしているのか、疑いたくなります。ほんとに呑気そうで幸せな方ですねえ。それはいいのですが、まさか僕の事件簿をあてにしているのではないでしょうね？

　僕のほうは目下、奇妙な事件に巻き込まれて、北海道に来ています。ある女性が「不幸の手紙」を受け取ったのをきっかけに、殺人事件の容疑者になってしまったのです。例の「旅と歴史」の藤田編集長が、何とかして上げてくれと言ってきて、ついつい首を突っ込んだとたん、厄介なことになりました。

　あ、しまった、これは先生には内緒にしておくつもりだったのに……。すみませんが、この手紙は読まなかったことにしてくれませんか。その代わり、先生の家のお墓にまつわる例の殺人事件のほうは、ちゃんと解決するつもりですし、逐一ご報告して差し上げますから。

　といったようなわけで、落成式には伺えないかもしれません。先生に声をかけていただくたびに、いつも野暮《やぼ》用でお邪魔できないとは、僕もよくよくついている——もとへ、ついていないみたいですね。
ところで、アメリカにいた妹が日本に戻って来ます。どこに住むつもりか……うるさいことになりそうです。

草々

センセから浅見へ

前略　恩着せがましく、解決して差し上げるって、あの墓の事件は僕が頼んだわけではなく、きみが勝手に首を突っ込んだのじゃなかったかね。まあ、それはいいけど、「不幸の手紙」の事件のことを教えてくれない？　僕も北海道へ行く予定だしさ、そのときにでも話してくれよ。頼むよ。じゃあネ。

草々

天国と地獄

一九九四年六月〜七月中旬

六月の主なニュース

25日　羽田内閣が総辞職。在任日数は戦後二番目の短命
27日　円、初の百円台突破
長野県松本市サリン事件
29日　村山首相誕生。社会党の首相は片山哲氏以来二人目

七月の主なニュース

8日　日本人初の女性宇宙飛行士、向井千秋さんらを乗せたスペース・シャトルが打ち上げ
北朝鮮の金日成主席が急死。八十二歳
17日　すい星群が木星に衝突

センセから浅見へ

拝啓　暑い。本来なら梅雨の真っ最中であるはずなのに、今年はいったいどうなっているのだろう。軽井沢も三日連続で三十度を超えて、もう真夏並みだ。甲府では三十九度三分という記録を樹立したそうだから偉い。天のやつ、去年の冷夏の分、帳尻《ちょうじり》を合わせるつもりかもしれない。九州四国地方は二週間も早く梅雨が明けたそうだし、照れば照ったで干ばつが心配だ。寒さの夏も暑さの夏もオロオロ歩くきょうこのごろである。

　ところで、六月末の政変で社会党と自民党がくっついてへんてこりんな政権が出来たけど、浅見ちゃんはどう思う。もう日本の政治には愛想がつきたからどうでもいいようなものだが、ひとつだけ気になることがある。それは何かというと、田中真紀子の入閣。目白の闇《やみ》将軍の娘が、こんなに脚光を浴びて誰も文句を言わないっていうのはどういうことだい？　文句を言わないどころか、女性首相待望論などと、気の早いことを言う連中もいる。評論家の中には田中角栄は悪いこともやったが、偉大な政治家だった――みたいな、わけ知り顔もぼつぼつ出てきた。日本人てやつはどうしてこんなに物分かりがいいお人好しなんだ。

田中角栄が日本の政治倫理や社会道徳にどれほど多くの害毒を流したかを思い出すがいい。死んじまったから法律上では処罰の対象にならなくなったが、残されたわれわれは永久に「あいつは悪いやつだった」と語り伝える義務があるのだ。もちろん、子々孫々までというわけにはいかないだろう。人の噂もなんとやらと言うから、いずれは歴史の中に埋没してしまうだろうけれど、記憶の新しい連中がこんなに大勢いるうちから、「あの人は偉大だった」みたいなことは、冗談でも言ってもらっては困る。そうでないと、多少の悪事は働いても、何かでっかいことをやったやつが勝ちだってことになる。いや、大悪事を犯しても、世のため人のためらしきことをちょっとやっておけば、許してもらえるという錯覚を庶民に与えかねない。

で、田中真紀子のことだが、彼女は頭もいいし実行力もある女性であることは認める。何をやっても大きな仕事の出来る女性であることも認める。たとえば彼女が看護婦になってアフリカ難民を救うために、父親の貯めた金もわが身も投げ出すようなことをしたのなら、称賛に値する。しかし、政治家にだけはなってはいけない人間なのだ。もちろん、理由は角栄の娘だからである。その極悪政治家田中角栄のジバン・カンバン・カバンをそのまま使って当選してきたことは、否定のしようのない事実ではないか。にもかかわらずテンとして恥じる様子もなく、「羽田さんは総理になるべき人ではない」だとか「海部先生はだめだ」とか、大口を叩いて他人を誹《そし》り、永田町を闊歩《かっぽ》しているのだから、開いた口が塞《ふさ》がらない。いや、本人は確信犯だからどうしようもないが、それをありがたがったり小気味よがったりする連中のおめでたさが我慢ならない。

もしこういう理不尽がまかり通るのなら、日本はあの戦争の犯罪性を少しも恥じなくてもいいことになる。日本軍は非道もしたが、欧米によって支配されていた植民地を結果的に解放したことも事実なのだ。それで罪が許されるのなら、さっさと憲法を改正し、またぞろ軍備を増強して、「あそこの国の政治は悪い」だの「あの国の大統領はだめだ」だのと言いたい放題、イチャモンをつければいいはずだ。そうしてはいけないことを悟ったからこそ、平和国家として生きてゆく道を歩んでいるのではないのか。親の時代にやったことだから、おれたちに責任はない――とは言えないし、言わないのが常識であり良識というものではないのか。戦後半世紀を経てもなお被害者側はもちろん、加害者側の傷口も癒《い》えていない。あと三世代ほど回らなければ、罪の記憶は薄れないだろう。そこへゆくと角栄なんて死んでいくらも経っていない。人々や社会が罪を許す間など、絶対にあったとは思えないではないか。

まったく、何を考えているのか……。

暑さの折りから、御身大切に。

敬具

浅見からセンセへ

拝復　御身大切にしていただきたいのは先生のほうです。そんなに興奮すると頭に血が昇ってロクなことになりませんよ。猛暑の後、北の高気圧が張り出してきたとかで、東京は過ごしやすい日が続いています。もしよければ、頭を冷しにお出かけください。

話は違いますが、『天河伝説殺人事件』の被害者のお嬢さん・川嶋智春さんが結婚されたそうです。あの頃は愛知県の豊田市に住んでいたはずですが、結婚して千葉県に住むようになったという葉書をもらいました。彼女にはほんとうに幸せになってもらいたいと思っています。

先生もご存じの北海道の伊藤直子さんに頼んで、夕張メロンを現地から直送してもらいました。心ばかりですがお納めください。

ではくれぐれもカッカなさらずに、安らかにお過ごしなさいますように。　敬具

センセから浅見へ

前略　夕張メロンありがとう。オレンジがかった果肉がなんとも鮮やかで、香りもいい。カミさんと二人でせっせと頂戴している。お礼にきみには何もしないが、恐怖のご母堂にカミさんが何か送っていたよ。気が付いたら分け前を貰うといい。

川嶋智春さんが結婚したんだってね。やれやれ、これでまたきみの相手が一人減ったわけだ。早くなんとかしないと「そして誰もいなくなった」になっちゃうぞ。だいたいきみは、こと女性に関するかぎり優柔不断すぎる。女性を美化して考えすぎる。うちのカミさんを見ているから、そう思うのも無理ないかもしれないが、彼女の場合は亭主が立派だからそう見えるのであって、ごく特殊な恵まれた例だ。世

の女性の中には男を見る目がないのもいるから、きみにだってチャンスは十分ある。殺されるわけじゃないから、思いきってぶつかってみることだ。でないと、一人も捕まえられないうちにアルシンドになっちゃうぞ。

結婚で思い出したが、「野性時代」編集部の関口明美嬢（注・当時）が結婚して、僕も招待された。仲人が森村誠一さんで、作家らしい巧みな紹介に満場喜んでいた。僕も来賓祝辞を述べたが、作家らしくなくメタメタなザマで大いに恥をかいた。関口嬢のおふくろさんはプロの太鼓叩きで、津軽三味線との合奏を聞かせてもらったが、これがよかった。娘のほうも演奏に加わったが、かなりのものであった。聞いているうちに、なんだか太鼓の音に操られて、サル回しのサルよろしく原稿を書かされているのではないかという気分になった。

そういえば、川嶋さんというと、きみに取材してもらっていた千葉県の「冤罪疑惑」の「Kさん」の実名も川嶋さんだったね。偶然の一致だが同じ千葉県ということもあって、感慨深いものがある。同じ川嶋さんながら天国と地獄。いま「Kさん」のほうは最高裁で刑が確定して服役中だが、冤罪の疑いはいぜん晴れないままだ。誰が考えても理屈に合わない疑問を、ひと言も説明しないまま判決を出しちまうのだから、裁判所もひどいことをするものだ。
千葉、東京、埼玉、神奈川の首都圏や京都など各地にある支援グループの皆さんがまだ頑張っているのには、ほんと頭が下がる。Kさんのお父さんや息子さんなど、ご家族の苦労が思いやられる。それにつけても田中父娘《おやこ》は——とまた蒸し返しそうだから、この辺でやめておこう。

草々

浅見からセンセへ

前略　Kさんのこと、僕も力足らずで何もして上げられずに、無念でなりませんでした。先生のおっしゃるとおり、この世の中には不公平、不公正がまかり通っていることを認めないわけにはいきません。たとえば先生にあんな素敵な奥様がいて、僕にはいないなどというのも不公平の典型といえます。もっとも、僕が結婚に二の足を踏んでいるのは、たしかに先生ご夫妻を見ているからでありまして、先生のように尻に敷かれたくない——ああはなりたくない——と恐怖心が先に立ってしまうからなのです。

ところで話は違いますが、ニューヨークに行っていた妹の佐和子が帰って来ます。先生は『後鳥羽伝説殺人事件』に書いていながら彼女の存在自体、忘れてしまっていたそうですが、僕にとっては可愛《かわい》い妹です。ただし、可愛いとばかり言ってはいられません。この家に戻って来れば居候の既得権が危うくなるかもしれないのです。兄嫁だって口では「賑やかになっていい」と喜んでいますが、内心はどんなものでしょう。何しろ佐和子は小姑《こじゅうと》であることは事実なのですからね。

おまけに、佐和子の就職口を見つけてあげなさいと、恐怖のおふくろさんの命令です。「楽できれいでお給料のいいところがいいわね」だそうです。そんな結構なところがあれば、僕が勤めますよ。先生は顔が広いのですから、どこか紹介していただけませんか。僕の口から言うのもなんですが、なかなかの美人だし、頭もいいし、気立ては——こればっかりは保証のかぎりではありませんが、決して悪い買い物ではないと思います。本当のところ、できれば千葉県でも愛知県でも、なるべく遠くへ嫁に行ってくれれば、それが一番いいのですがねえ。

いよいよ梅雨も明けて猛暑がやってきそうです。おふくろの科白《せりふ》じゃありませんが滋養のある物を食べて、元気でお過ごしください。

草々

PS　このあいだ練馬区石神井《しゃくじい》の「すし善」という店に入ったら、主人が先生の大ファンでした。意外なところに意外なファンがいるのですね。それはいいけれど、お客をつかまえて僕の噂をするのには閉口しました。本人がそこにいるのを知らないからですが、「浅見光彦ってのは、あれは一生結婚しないほうがいいね」ですと。寿司は旨いが口の悪いおやじでした。

センセから浅見へ

前略　寿司の話を聞くと網代へ行きたくなる。軽井沢もいいのだが、寿司だけはだめだ。寿司は一にネタ、二にシャリ、三に腕前というが、基本的には寿司職人の才能と努力にかかっていると思う。いい材料があったって、うちのカミさんのように、「いかにすれば不味《まず》く出来るかの料理研究家」みたいなのにかかってしまえば、ろくなものにならない。その「すし善」なる店にぜひ一度連れて行ってくれたまえ。もちろんきみに奢《おご》ってくれなどとは言わない。ワリカンでよろしい。それに、僕のファンなら、のり巻きの一本ぐらいまけてくれるかもしれない。

意外なファンといえば、「ダ・ヴィンチ」という本の情報雑誌に、新宿の母の文章が載っていた。「新宿の母」って知っているだろう。女性に大人気の占いのおばさんだ。彼女が僕の本をよく読んでいてくれて、きみのファンでもあるらしい。彼女の言によると「探偵の名推理は占いにも通じるものがある――」そうだから、きみもうかうかしてはいられないよ。そうだ、一度そこへ行って結婚運でも見てもらったらどうだい？　最悪でも、「わたしでよければどうぞ」なんてことを言ってくれるかもしれない。

浅見光彦倶楽部の会員がついに一万人を超えたらしい。これでは思いがけない人が会員の中にいても不思議ではない。ピアニストの深井尚子さんがやっぱりきみのファンで、倶楽部の会員になった。平塚亭のそばの古河庭園で九月十八日にサロンコンサートを催すそうだ。きみの家からも近いのだから、ぜひ行くといい。団子ばかり食ってないで、たまにはいい音楽を聴くことだよ。深井さんは七月二十九日のクラブハウスの落成式にも来てくれる。ヴァイオリンの古澤巌氏も来るし、僕の周辺は芸術的な香りが立ち込めるってわけだ。貧乏ひまなしのきみはどうせ来られないのだろうけれど、代わりに辰巳琢郎クンが来てくれる。クラブハウスが出来るの

は全国のファンも楽しみにしているらしいし、今年の夏は忙しくなるゾー。　草々

浅見からセンセへ

暑中お見舞い申し上げます。

この夏、忙しくなるのはいいですが、原稿の執筆のほうは大丈夫なのでしょうね？　このあいだ某編集者（特に名を秘す）に会ったら、「何が月刊内田だ、いまや季刊も怪しいじゃないか」と怒ってましたよ。量産すればいいってものじゃありませんが、倶楽部の面倒を見るのもほどほどに、コンスタントにいい作品を送り出してください。

それはそれとして、クラブハウスの完成、おめでとうございます。おふくろなどは「ずいぶん物好きな作家だこと」と笑っていますが、気にしないでください。落成式には僕もぜひ伺いたいのですが、ご明察のとおり貧乏ひまなしでもあり、それに夏の軽井沢は車が大混雑ですから敬遠して、秋か冬になったらお邪魔します。辰巳さんほか皆さんによろしくお伝えください。

センセから浅見へ

拝復　気にするなって言っても気にするよ。僕自身、物好きの変わり者——と思わないでもないのだからね。しかし、誰に何を言われようといいんだ。田中真紀子みたいに、千万人といえどもわが道を突っ走る。そのうち、躓《つまず》いて転ぶかもしれないけれど。まあ、お互い、いい夏でありますように。

敬具

落成式

一九九四年七月下旬～八月

八月の主なニュース

5日　神戸市で現金輸送車襲撃事件、被害額は五億四千百万円で史上最高
7日　第十回国際エイズ会議が横浜で開幕
19日　戦後最高の猛暑を記録

センセから浅見へ

拝啓　今年の猛暑は口にするのも億劫《おっくう》なほどだね。七月十九日にやっとのこと『幸福の手紙』（実業之日本社刊）を脱稿したが、体調は最悪の状態に陥った。いちど治りかけた風邪を、用もないのに呼び戻してしまったらしい。三十八度前後の熱がダライラマとつづき……いやそうではない、ダラダラとつづきだ。どうも言語中枢までが変調をきたしている。

七月二十一日までで『幸福の手紙』の校正を終了。編集者は「どうぞごゆっくりお休みください」と情け深い捨て科白を残して帰って行った。いつもながら、こちとらの休んでいるわけにいかない事情を知った上の、単なるリップサービスだ。

二十二日は浅見光彦倶楽部事務局の引っ越し準備。二十三日は引っ越し——これがバテた。なにしろ男手は僕と蛯名クン、二人だけの事務局だからね。銀行勤めの会員が三人、助っ人に来てくれたとはいっても、親分の僕が知らん顔はできない。バケツリレー式の手渡し運搬に参加したが、あれは映画『モダン・タイムス』同様、一人だけサボルわけにいかないからつらい。箸より重いものを持ったことのない身の悲しさ、ピラミッドの石運びに使役されているほどの労働であった。

で、その夜また熱が出て、翌日は休み。

二十五日と二十七日にかけては、クラブハウスに家具・調度品類が運び込まれ、そのセッティングをする。その中間の二十六日には東京で推理作家協会の例会があって一泊。二十七日の昼頃には軽井沢に引き上げた。夕刻から三回に分けて展示ルームのショウケースが到着。これがまた、間の悪いことに、夜の九時ごろになった最後の分は、豪雨の中をやってきた。

雨に濡れ、クーラーで冷やされ、労働で汗をかき……これじゃ体にいいわけないさ——と『スーダラ節』の歌詞を思い浮かべたよ。知っているだろう？　スーダラ節。植木等が歌ったやつだけど、不勉強なきみのことだから、知らないかもしれないな。まあそんなことはどうでもいい。とにかく案の定、その夜遅くから熱は急上昇。現在は七月二十八日の午後一時。明日のクラブ落成式を心配し、ベッドでうんうん唸《うな》りながらこの手紙を書いているところだ。人間、家を建てたり事業を始めたりすると死ぬそうだが、ほんと、そんな気がしないでもない。

間もなく例月の連載原稿の締切りがやってくる。八月は夏進行とか称して、締切りがいつもより一週間ほど早い。どうせ、出版社も印刷所も、早く仕事を終わらせてお盆休みに出掛けようという肚《はら》にちがいない。「野性時代」の橋本クン（注・当時）にそういやみを言ったら、最初八月一日までと言っていた締切りを一週間延ばしてくれた。もっとも、それまで生きていられればの話だがね。

いや、そんなふうに心細くなるくらいの不調なのだ。今年のこの陽気はとにかくどうかしている。夏風邪は天才がひくっていうから、きみは心配ないだろうけど、まあ気をつけたほうがいい。

敬具

浅見からセンセへ

前略　いまにも死にそうなお手紙をいただいたので、倶楽部事務局に電話したら、まだ生存されているそうで、安心しました。昨日の落成式と記念パーティは盛会だったそうですね。「平塚亭」のおばさん夫婦が招待されて行ってきた話を聞かせてくれました。古澤巌さんのヴァイオリンや若い人のピアノ、フルートの演奏、それに辰巳琢郎さんとＴＢＳの成合由香さんが、かけあいみたいにして座を盛り上げてくれたとか、心底喜んでいました。ともかくおめでとうございます。

もっとも、僕のための倶楽部のクラブハウスが出来て、僕がおめでとうはおかしいですかね。ありがとうと言うべきでしょうか。どうもその辺がややこしい。クラブハウスに僕が顔を出していいものかどうかも、難しい問題です。どっちにしても、夏の軽井沢には近づかないほうがいいでしょうから、秋風が立ったら考えたいと思います。それにしても、時節柄、くれぐれもお体には注意して、肺炎などにかからないようにしてください。

草々

センセから浅見へ

拝復　ご丁寧なお見舞いのお便りありがとう。しかし、体に注意しようにも、死にそうな状況にはまったく変化がないよ。

落成式の夜は、辰巳クンたちと追分宿《おいわけじゅく》の例の「喜久寿司」で三次会をやって翌日は午前中、ＴＢＳの成合女史と『天城峠《あまぎとうげ》殺人事件』の台本の打合せをやって、午後は中央公論社のこわもてのおじさんたちに連載開始の約束不履行を責めたてられ、心身ともに疲れはて、間欠的に熱が高くなる。

この熱は単なる風邪ではないのではないか。ひょっとすると肝硬変か、肝臓ガンか、はたまたクモ膜下出血、腎盂《じんう》炎、アンギーニ、咽頭《いんとう》ガン、イボ痔、肋膜《ろくまく》炎、結核、水虫……と、ありとあらゆる知っている病名が頭を通り過ぎてゆく。

それでも七月三十一日だけは久しぶりの日曜日。ソファーに寝ころがって、将棋・囲碁のテレビ番組を観る余裕があった。しかし、それも束《つか》の間の休息で、九月に出す『ミステリー紀行第4集』の原稿催促と、十一月に出る『沃野の伝説』の著者校正の催促を、ヤイノヤイノと言ってくるし、体調を回復させるだけのゆとりはない。

その中で唯一の救いは、いつか書いたと思うが、大阪の姪のミカヨが来て、いろいろ料理など作ってくれることだ。そうか、うちの冷蔵庫の中身でも、けっこうましな料理が出来るではないか——と新しい発見をしたのも彼女のお蔭ではあった。

近くの別荘で爆竹花火をやって、キャリーが怯《おび》えてウロウロしている。僕だって心臓によろしくない。薬が効いて、ウトウトしかけたところにドカンとくる。まったく、静寂を楽しむべき高原に来て、なんだって花火なんかやらなきゃならないのかねえ。

いやいや、外来の客ばかりではない。軽井沢では毎年、花火大会なるものを催す。これほどばかげたイベントはないと思う。別荘族が連れて来たイヌが、おったまげて、例年、二、三匹はどこかへ行ってしまうそうだ。イヌでさえそれなのだから、森の動物たちはもっと怯えているだろう。

軽井沢には『みどりとこどもたちを守る会』とかいうのがあるらしいが、そのグループが花火大会に文句をつけたという話は一度も聞いたことがない。自然環境を守るために新幹線に反対するくらいなら、その前に花火なんてばかなものをやめさせる運動を展開すればよさそうなものだ。行政も市民もマスコミも、そういうことに何の疑問も抱かないのだろうか。

病気のせいか、いろいろ気に障ることばかり思いつく。北陸新幹線反対運動だってそうだ。立木トラスト運動なるものを展開して、権力に立ち向かうのは健気《けなげ》で立派なのだが、いずれは強制収用される運命にあるだろう。そんなことは、計画が発表された時点から見通せていたはずだ。それをあたかも、反対運動によって新幹線が阻止できるかのごとく幻想を抱かせ、住民の有志を指導してきたリーダー格の人々は、大きな責任を感じなければならない。

やみくもに反対するのではなく、新幹線を通すなら、いかにすれば自然環境の破壊を最小限にくい止めることができるかを考えるべきなのであった。それを軽井沢から先はミニ新幹線でいいなどと、北陸の人が聞いたら憤慨しそうなことを平気で言ったりしていたのだから、お話にならない。

結論をいえば、最初の段階でトンネルにすることを条件に賛成していれば、何の問題もなかったはずだ。それを絶対反対としか言わないでいて、いまごろになって、旗色が悪くなったものだから、慌ててトンネルか溝タイプに――などと言い出した。公団側はこれ幸いとばかりに時間的に無理だとはねつける。もう彼らの筋書きどおりにことは運んでいるのである。

悪いのはなんといっても鉄建公団と運輸省とＪＲである。計画を発表すれば反対運動が起こるだろう。すったもんだやっていれば、完成期限がどんどん迫る。後ろには「冬季オリンピック」という錦の御旗がひるがえっているから、時間的余裕がないことを理由に、トンネル化問題なんてほっかぶりして通れる――と読んでいる。

最初からトンネルを条件に交渉していれば、いやとは言えなかったはずだ。工事が困難だとか費用がかかるとかいうのは理由にならない。その気になれば東京湾の下にトンネルを走らせるし、明石《あかし》海峡に橋を渡す技術力なのだ。反対運動は結果的には彼らに、トンネルを掘らずにすませ、経費を節減させる役割を果たした。

こうして、百年を越える歴史ある別荘地・軽井沢の静謐《せいひつ》は永久に失われることになるだろう。僕もこれまで、あちこちで町の人にトンネルの話をしたが、外来住民のいうことには、あまり反応してくれなかった。もっとも、「新幹線のお客さんに、浅間山を眺めてもらいましょう」と言ったのが前の軽井沢町長だというのだから、何をかいわんやなのである。浅間山が見たければ、軽井沢に降りて、カラマツ林の小径《こみち》を散策しながら仰ぎ見ればいいのだ。浅間山の風景を含めての軽井沢の価値ではないか。通過客に「浅間山を見てください」と言い、肝心の軽井沢のお客から浅間山の風景やカッコウの鳴く森の静けさを奪ってしまって、いいはずがない。自分たちを育《はぐく》んでくれた軽井沢の何が大切なのかを、少しも分かっていない人々と、「いやなものはいや」と一歩たりとも譲らない人々とが角突き合わせているあいだを、かくて新幹線は轟音《ごうおん》とともに走り抜けてゆくことになる。

敬具

追伸　ビートたけしがバイク事故で重傷を負ったというテレビニュースを、熱にうかされた涙目で見た。僕はたけしが好きだから、ショックだった。路上に流れたおびただしい血の痕《あと》を見て、死ぬかもしれない――と、本気で思った。僕がこうしてウンウン唸《うな》っているいま、たけしはもっと切羽つまった状態にあるのだ。たけし、死ぬなよ！　とエールを送りたい。

浅見からセンセへ

拝復　心配です。本当にかなりの高熱のご様子ですね。ビートたけしより先に、先生のほうがいかれちゃいそうな気がします。たしか今日は、クラブハウスのオープンの日ではありませんか？

　遠路はるばる軽井沢を訪れたファンの前に、先生の雄姿が現れないのでは、ホトケ作ってタマシイ入れず……あ、いけない、ホトケだとかタマシイだとか、縁起でもないことを書いてしまいました。べつに先生がホトケになってタマシイが飛んで行ったりするという意味ではありませんので、念のため。

さいわい、ビートたけしも生命に別状はなく、意識も次第に回復しつつあるそうですから、先生も負けずに病気を克服して、リハビリに努めてください。
そんなことよりも、神戸で五億四千万だかの現金輸送車強盗が発生しました。バブルははじけましたが、犯罪のほうは大型化が進んでいるようです。先生の小説も今後は大型化を目指していただきたいものです。そのためにも、何はともあれ、お元気になることが第一です。頑張ってください。

敬具

センセから浅見へ

前略　ようやく熱が引いて、クラブハウスのオープンの日には、二度もクラブに顔を出した。広島や浜松、栃木など、遠方から見えた会員もいて、本にサインをしたり写真を撮ったりの大サービスに努めた。
　お土産コーナーで名著『プロローグ』が売れるのはいいのだが、「センセ人形」なんていう妙なものを買って帰る人が多いのには呆れる。あんなものは僕にはぜんぜん似ていない。あれは荒井注だ——とスタッフに文句を言ったら、だから似ているのですとぬかしやがった。

　それはいいのだが、「大型の小説を書け」などと、いやみなことを書いて寄越したね。心臓にグサリと突き刺さるような文句だ。とはいえ、僕もそれと同じことを考えていたところではあった。べつに軽薄短小を意図して書いているつもりはないのだが、作品によっては、テーマの設定が、いくぶん矮小《わいしょう》化しているきらいはあるかもしれない。友人の忠告として素直に受け止め、今年後半から来年へと、いっそうの情熱を駆り立てようと思う今日このごろではある。

　そのためには、浅見ちゃんの活躍にますます期待することになるだろうけれど、きみに頼るばかりでなく、オリジナリティを発揮した作品も手がけてみたいと思っている。「月刊内田」などという次元の低いプラカードは下ろして、重厚長大作品とじっくり取り組む方向で進むつもりだ。乞うご期待！

草々

浅見からセンセへ

謹啓　やはり先生はご立派です。若造の僕の言うことを素直に聞いてくれる心の広さは、それでこそ軽井沢のセンセ、作家のカガミとご尊敬申し上げる次第です。

　それはいいのですが、重厚長大を旨とするとなると、当然作品数は減るでしょうから、各出版社から突き上げがあることでしょう。気の優しい先生がそれに耐えるのは、容易なことではないでしょう。しかし、そんなものには負けず、ひたすらいい作品を発表されるようご期待申し上げます。

敬具

センセから浅見へ

前略　ああは言ったものの、編集者の袋叩きが心配で、自信がなくなってきた。高校野球もたけなわだし、当分のあいだ、どこかへトンズラでもしたい心境ですよ。
草々

岩手への旅

一九九四年九月

九月の主なニュース

4日　関西国際空港開港
14日　住友銀行名古屋支店長が銃撃され死亡
17日　アメリカ軍、ハイチ進攻を回避
27日　リクルート事件で藤波元官房長官に無罪判決

センセから浅見へ

拝啓　爽涼《そうりょう》の秋の気配が――と書きたいところだが、どういうことだい、この暑さは。九月に入っても真夏並みの日が続いている。タフで鈍感なきみと違って、暑さ寒さに弱い、デリケートな腺病質《せんびょうしつ》の僕は、この夏にはほとほと参った。で、TBSテレビの『浅見光彦シリーズ』のドラマロケが岩手県の大船渡《おおふなと》であるというので、これさいわいとばかりに出かけてきた。北へ行けば、いくらか凌《しの》ぎやすいだろうと思ったのだ。避暑地軽井沢から避暑に行くのだから、世も末である。

ロケに付き合うだけだと、まるで遊びに行くようで気がひけるので、ドラマの中にワンカット、ちょこっと顔出しするのと、ついでに次の次の次に書く作品のための取材もやってくることにした。たとえ遊び半分の旅であろうと、なんでもついでの仕事を作らないと気のすまない貧乏性は、死ぬまで直りそうにない。

いつもどおり、ワープロ持参の臨戦態勢だから、軽井沢から車で行くことにしたら、中央公論社の新名クンがわざわざ泊まり掛けで軽井沢入りして、運転手役を引き受けてくれた。もっとも、取材先の花巻《はなまき》で中央公論社の平林さんと法輪《のりわ》クンと落ち合うのだから、彼に運転を頼む大義名分はあるのだ。

といったようなわけで、この手紙は花巻温泉の「佳松園」という旅館で書いている。広々とした和風の温泉ホテルで、部屋の縁先から望む庭園がみごとだ。こんな結構な宿に一ヵ月もいて原稿執筆に勤《いそ》しんだら、ちょっとした谷崎潤一郎の気分にちがいないが、僕などはせいぜい二泊三日でワープロを叩くのが似合っている。

大船渡ロケはうまくいったのかどうか、よく知らない。夕方、「オーシャンビュー丸森」という、海に面した宿に着いて、市長さんの歓迎会で食事をして、その後、夜中まで原稿書きをして寝た。朝は六時起きして大船渡駅頭で出演して、ホテルに戻って遅い朝食をしたため、すぐにチェックアウト——という、超過密スケジュールだ。前夜の宴会では、酒豪の辰巳琢郎クンも酒を控えめにして、明日に備えるとか言って、珍しく早寝したらしい。今回のヒロインは藤田朋子さんだったが、親しく話すひまもなかった。かくて慌ただしくロケ隊と別れて、途中、遠野《とおの》に寄りながら、花巻へと向かったのである。

遠野は『遠野殺人事件』を書いてから、もう十二年になるが、街並みも道路もきれいになった。五百羅漢さんたちも健在だった。市の観光課を表敬訪問して、すぐに失礼したが、もう少しのんびりしたかった。

花巻が岩手県にあることぐらい、いくら無知なきみでも知っているだろう。しかし、地元の人は控えめに、「全国的には知らない人が多いんじゃないでしょうか」と言う。そうとは思えない。なんたって、かの宮沢賢治センセイのふるさとであり、高村光太郎ゆかりの地なのだから。

花巻市には浅見光彦倶楽部の会員が五人いる。このことだけでも文化度の高いことが分かるだろう。しかも全員が女性というのが嬉しいじゃないか。その会員の中から「ドレニシヨウカナ」と、才媛《さいえん》のほまれ高い（といっても、見たわけではないけどね）島サンという人を訪ねることにした。会員名簿の職業欄に「仏具店、家具店、喫茶店」と書いてあったから、一大コンツェルンの経営者かと期待したのだ。

行ってみたら、ほんとうに、仏具店と家具店と喫茶店が並んであるのに感心した。しかもどれも大きくて、新しくて、センスのいい店構えばかりだ。島サンはそれらコンツェルンを率いる社長の夫人で、ほんとうに才媛であった。突然の訪問であるにもかかわらず、迷惑がるどころか、快くいろいろと地元の話をしてくれたうえに、コーヒーまでご馳走になった。

話を聞いてみると、島サンのご主人のお父さんは現在、花巻農業高校の同窓会長だそうだ。花巻農高といえば、宮沢センセイが教鞭《きょうべん》をとったゆかりの学校で、賢治の名作の多くはこの時代に生まれた。ちなみに、宮沢賢治の千数百編の詩、童話百編、短歌八百首のうち、生前に商業出版されたのは、なんと、たった二冊だったというのだから驚く。わが身を省みてジクジたるものがあるね。「月刊内田」などという、愚にもつかない理想をさっさと捨ててしまって、よかった。

そんな反省はさらりと忘れ、話を元に戻すとして、島サンの義父は宮沢賢治顕彰会か何かの副会長も務めているというのだから、取材目的からいうと、すべてが好都合ずくめ。日頃の行いのいい僕としても、気味が悪いくらいな幸運であった。

そのうちに、島サンの仲間の高橋サンという、やはり倶楽部会員が駆けつけて、賑やかなことになった。花巻市の中心街で「むさしや」というブティックを経営している女性で、「どーも、どーも」の高橋圭三氏の親戚にあたるそうだ。そのせいか、まあじつによくお喋りになる。おかげで花巻人の人柄や土地柄がよく分かった。

花巻では、九月五、六、七の三日間、『花巻まつり』というのが行なわれる。秋祭りとしては東北随一の盛大な規模のものだという。神輿《みこし》が百四十台、山車《だし》が十二台という壮大にして華麗な行列が、宵の街を練り歩くのだそうだ。

花巻市内の各町会が競って、それぞれが趣向を凝らした山車を出動させる。高橋サンも島サンも、その準備の世話役を務めている。夕方から夜遅くまで、山車づくりの突貫作業が数日間つづき、男どもは大道具、こどもたちは飾りの花づくり、女たちは炊き出しに励む。「たいへんですね」と言ったら、「とんでもない」と笑った。お祭り騒ぎが大好きなのだ。花巻の人間がすべてそうで、花巻まつりが終わると、文字どおり「祭りのあと」のような虚脱感におちいるらしい。

僕たちの滞在は九月一日から三日までだと知って、島サンも高橋サンも大いに残念がった。それじゃ、せっかくのチャンスだから、山車の製作作業だけでも見学させてもらいましょうということで、別れてきた。

夕食前のひとときに、この手紙を慌ただしくしたためている。花巻の街で、これからどんなことが起こるか楽しみだが、それは軽井沢に帰ってから追伸することにしよう。ではそれまでご機嫌よう。

敬具

センセから浅見へ

前略　ついさっき奥州の旅から帰着したところだが、例によって手紙類がドサッと溜まっていた。私信もあるけど、どちらかというとカタログ類のほうが多い。このごろは通信販売花盛りといった感じで、むやみやたらカタログが舞い込む。

カタログで思い出したが、浅見光彦倶楽部の会報を送るのに、切手代が九十円かかるのだが、これが重量制限の五十グラムギリギリ。たとえばこれにビラを一枚入れると約一グラムほどオーバーする。そうすると、いったい切手代はいくらになるか——きみなんかは常識がないから知らないだろう。じつは僕も知らなかったのだが、なんと、一気に百九十円にはね上がる。倍以上だ。つまり、二通出したほうがまだ安いわけだ。僕などは鷹揚《おうよう》なほうだから、九十円でも百九十円でも大した違いはないじゃないかと思うのだが、「そんなことはありません、百円アップするということは、一万通の会報を送ると百万円アップすることになるのです」と、事務局の中山サンに叱られた。

そうか——と、僕は愕然《がくぜん》とした。たった一グラムオーバーしただけで、なぜいきなり倍以上になるのか、郵政省には何万人もの職員がいるだろうに、誰一人として疑問にも何にも思わないのかねえ。いかにもお役所仕事らしいが、何かそれなりの理由があるのかもしれない。今度、取材して聞いてみてくれ。僕？　いや、僕はそういうところには行かないよ。僕はもともと、オカミのやることに逆らわない主義なのだ。

そうそう、そんなことはどうでもいいのであった。じつは今日はちょっとしたビッグニュースがある。「ちょっとしたビッグニュース」というのは、まあ僕らしい謙遜《けんそん》した言い回しで、本音を言えば「ものすごいビッグニュース」なのだ。

私信とカタログ類の中から一通の封書が現れたと思いたまえ。差出人は「鳳蘭」——なんだ、どこかの中華料理店の開店案内か、それとも食い逃げがバレて請求書でも送ってきたのかな——と思ったが、これがなんと、驚いたねオタチアイ、横から覗き込んだカミさんが「あら、オオトリランさんじゃない！」と、はしたない声を発した。

あの宝塚の大スター。満天下、あこがれの大女優から手紙がくるなどとは、いくら想像力ゆたかな僕でも、思いつかなかった。なるほど、そう言われれば「鳳」はオオトリだし「蘭」はランだ。下に「飯店」とついてないのだから、中華料理店でないことぐらい、最初から気がつきそうなものであった。

ふるえる指で封を切り、中身を取り出し、カミさんに背を向けて手紙を読んだ。もしかするとプロポーズなんてこともありうるかもしれないからね。

とはいうものの、じつは内心、僕には危惧《きぐ》していることがあった。

先年、角川書店で刊行した『薔薇の殺人』という本で、宝塚歌劇団を舞台に書いている。浅見ちゃんが取材したものに、多少の脚色を加えただけで、そう悪く書いたつもりはないが、宝塚の関係者やファンの感情を逆撫《さかな》でしていないともかぎらない。宝塚の大先輩であるツレちゃんこと鳳蘭サンとしては、許しがたい冒瀆《ぼうとく》であったのかもしれないのだ。元はきみの取材だから、僕には責任がないのだが、根が真面目な僕としては、やはり気にはなっていた。

しかし、手紙の文面は好意にあふれたものであった。鳳蘭サンはきみの大ファンなのだそうだ。そんなことはどうでもいいが、意外なことに、「信濃のコロンボ」こと竹村岩男警部の活躍に期待していると書いてある。これは単なる読者ではなく、かなりの「通」といっていい。竹村氏はきみと違って、渋いからね。彼の才能を認めているとなると、相当な読み手だ。僕は嬉しくなった。

全文を紹介すると一時間ぐらいかかりそうだから、さわりの部分だけ教えてあげる。

——先日『薔薇の殺人』を読んでいたら、突然、自分の名前が出てきたので、嬉しさのあまり、その場に卒倒いたしました。軽井沢の先生が私の名前を知ってくださっているだけでも驚きですのに、活字になって先生の作品に登場させていただけるなんて、夢のようでした。ありがとうございました。

どうだ参ったか。簡潔でいい文章ではないか。きみなども、大いに参考にするといい。それに、彼女の女性らしい情感もよく出ている。「卒倒」なさったそうだが、そう言ってくれれば駆けつけて、抱きとめて差し上げたのに——もっとも、あえなく、ペシャンコにつぶされそうな感じはするけどね。

鳳蘭サンからの手紙は、カンヅメと奥州旅行の留守中に届いたものだから、すでに半月も経つが、ここ数日、デスクの上に飾ったままで、いまだに返事を書いてない。西ヶ原のキミへのロクでもない手紙なら、こうしていくらでも書けるのだが、あこがれのキミへの手紙となると、斎戒沐浴《さいかいもくよく》してからでないと、恐れ多くてペンが持てない。第一、読者より作家のほうが文章が下手だったりしたら具合が悪いではないか——などと、心は千々に乱れるのである。

草々

浅見からセンセへ

拝復　ロクでもないお便りありがとうございました。鳳蘭さんからファンレターが届いたそうで、おめでとうございます。人間、老境に近づくと、そういう小さな親切や、ささやかな幸せが身にしみるもののようですね。鳳蘭さんもいいご供養をされたものです。

僕はこのところずっと、『沃野の伝説』の後始末に追われています。先生が週刊誌で口から出まかせを書きなぐったものだから、ほんとうはどうだったのか、裏付け調査がたいへんなのです。朝日新聞出版部の黒須氏の話によると、十月末ごろには刊行したいということで、それに間に合うかどうか、心配でなりません。それに較べて、のんびり旅を楽しみ、ひまつぶしにドラマに出演したり、ほんとに羨ましい身の上ですね。

そんなことより、旅先からのお手紙だと、花巻の話のつづきを書くとかいうことでしたが、あれはどうなったのでしょうか？　鳳蘭さんからの手紙に舞い上がって、お忘れになったのではありませんか？　もっとも、どうせ旨いものを食ったとか、美女にもてたとか、眉唾《まゆつば》ものの自慢話に終始するのでしょうから、どちらでもいいのですが。ただ、宮沢賢治のことはいろいろ聞きたい気はします。おふくろも賢治ファンで、花巻には何度か訪れているそうです。おついでの折、ご来駕《らいが》をお待ちしているとのことでありました。

敬具

センセから浅見へ

前略　雪江サンからお招きなんて、青天の霹靂《へきれき》、悪夢なら覚めてもらいたいくらい感激した。が、せっかくのお誘いだけど、考えてみると、花巻の取材はきみにやってもらうのでなければ、事件が起きないことに気がついた。僕としたことが、現実と虚構の区別がつかなくなっている。まったく天才も木から落ちるものだね。『沃野の伝説』については、きみの取材がいいかげんなものだから、加筆訂正が三百枚に達しようとしている。僕のほうこそ、〆切に間に合わせようと必死だよ。ま、おたがい傷を舐《な》めあって仲良くいこうね。

草々

無罪判決

一九九四年十月

十月の主なニュース

4日　北海道東方沖地震。釧路で震度六の烈震、二百人以上が負傷

25日　京浜急行駅構内で銃撃、医師が死亡

29日　長嶋巨人・初の日本一

センセから浅見へ

拝啓　九月の末に四泊五日で光文社の多和田、石坂両氏と札幌へ行ってきました。「カッパ・ノベルス」に『札幌殺人事件』を書き下ろすための取材だけど、例によって前の仕事が残っているから、実際に書き始めるころは忘れてしまいそうだ。考えてみると、『幸福の手紙』で帯広～旭川を中心に北海道取材をして、そのついでに札幌取材をしたのがちょうど一年前。まさに光陰は矢のごとしだねえ。きみもいつまでも三十三歳でいられると思って安心していると、急に歳《とし》をとるかもしれないよ。

今回の取材では、札幌在住の『浅見光彦倶楽部』会員三名と会食しながらいろいろ話を聞かせてもらった。赤山さん、伊藤さん、川越さん——いずれも女性ばかり。いや、べつにえり好みをしたわけでなく、たまたま男性会員の都合がつかなかったためで、その証拠に、翌日は札幌市役所勤務の橘さんという男性会員とお茶を飲んだ。話を聞いてみると橘さんの姉さんも倶楽部会員だそうだ。それを知っていれば——と地団太を踏んだから、多少えり好みのヘキはあるらしい。

たった三人の女性だけで決めつけるのはおこがましいかもしれないけれど、札幌の女性は頭がいいね。それと、きわめて積極的な生き方をしている印象を受けた。もちろん、容姿端麗であることはいうまでもない。聞くところによると、札幌は離婚率が高いのだそうだが、それは女性上位の結果かもしれない。浅見ちゃんなんかは、さしずめ手玉に取られそうな感じだった。

いずれ、札幌で事件が起きて、そのときは君に取材に行ってもらうことになるのだろうけれど、女性にだけはくれぐれも気をつけたまえ。

女性といえば、ススキノでちょっと気になる女性に出会った。少し前まで銀座の一流クラブに勤めていて、札幌で独立して店を出したのだそうだが、なにやらいわくありげで、不吉な予感を抱かせるものがあった。僕はまるで飲めないから、酒の上で――というのがない。まさかウーロン茶の上で――というわけにいかないので、あまりしつこく訊き出せなかったのだが、僕は直感からすると、事件のにおいがプンプンしたね。

においといえば、ススキノの「鳳蘭」じゃない「寳龍《ほうりゅう》」という店でカニラーメンを食った。味噌仕立てで、香りがよくて、タラバガニが山盛りの豪華版だった。もちろん寿司も食った。場所はもうどこだかわからないが、「すし関」という店で、ここは過去の札幌行の中で、もっとも旨かった。しかも東京の半値ほど安い。それから赤山さんの紹介で行った「ターフェル」という解体新書みたいな名前の喫茶店も雰囲気がよかった。札幌は土地代が安いせいか、いい店が沢山ある。

というわけで、店の名前を忘れないうちに、なるべく早く札幌へ行くことを勧めたい。札幌はいまは平穏でも、きみが行くと事件が起こることになっている。そのリポートを楽しみに待っています。

敬具

浅見からセンセへ

拝復　相変わらずお元気そうな胃で何よりですが、いくら旨いもので釣ろうとしても、僕は先生ほど意地汚くありません。第一、そんなに勝手に僕のスケジュールを決めないでくれませんか。それに、事件が起こることまで予定に入っているような書き方をしてますけど、札幌市民に叱られますよ。

たしかに、北海道には事件の取材で何回か行きましたが、それは事件が起きたから行ったのであって、僕が行って事件が起きたわけではありません。そういえば以前、札幌の地下鉄のホームに自殺予防の鏡があることを教えてあげたら、早速小説のネタにして『鏡の女』（角川文庫）を書いたでしょう。そういうことをされると、僕の取材がしにくくなって困るのですけどねえ。

話は違いますが、『幸福の手紙』で「玄関ドアが内側に開いていた」と書いてありましたが、あれは間違いですよ。玄関ドアは外側に開くものです。僕が訪ねたあの家の玄関もそうでした。先生が間違えると、まるで僕のミスのように思われますから、気をつけてください。

ところで、リクルート事件の裁判で、藤波元官房長官が無罪になったでしょう。あれについて「旅と歴史」の藤田編集長が「小説現代」誌上でカンカンになって怒っていますが、先生はどう思いますか。

判決の趣旨は「請託の事実があったかどうか立証されない」つまり、「疑わしきは罰せず」ということでした。僕はその判決を知って、反射的に千葉の川嶋事件を連想しました。川嶋さんの事件でも、明らかに証拠に不備があると指摘されていながら、裁判所はそれに対する判断を示さないまま刑を確定してしまったのです。リクルートの場合は疑うに足る十分な状況があると思うのですが、それが無罪になって、川嶋さんのケースでは、疑わしい部分がありながら、あっさり上告を棄却してしまう。これでは法の平等について疑問を抱かないわけにはいきません。

川嶋事件では再審請求の旗を掲げて、いまもなお頑張っている人たちが大勢いるそうです。一人の人間の名誉について、まったくの赤の他人だった人々が関わっている。もちろん、家族や親類、友人、知人たちは無縁ではいられません。そのことを思うと、自分だけの人生ではないのだな——と、厳粛に考えないわけにはいきません。ことに先生のように本を書く方は、影響を与える範囲が広いのですから、くれぐれも軽はずみなことだけはなさらないようにお願いします。

深まる秋、御身御大切に。

敬具

センセから浅見へ

前略　藤波氏に対する無罪判決については、僕は人並みに驚きましたよ。「小説現代」も早速買って読んだが、まったく藤田氏の言うとおりだ。日本人の八割ぐらいがそう思っただろうから、あの裁判官はたった一人で八千万人の常識と相反する常識を持っていたことになる。偉いもんだ。

それにしてもあの判決は、重箱の隅をつついて無理やり無罪判決を作り出したような気がする。そんなにご丁寧に重箱の隅をつつくエネルギーがあるのなら、川嶋事件でもそうしてくれれば、あの重大な疑惑からいって、とてものこと有罪なんかに出来っこなかったろうに。司法が恣意的に判断のありようを使い分ける、典型的な例だ。

もっとも、政治の世界では恣意的な判断なんて奴は日常茶飯事らしい。社会党の党首が「自衛隊は合憲」と言ってのける世の中なのだからね。しかし、憲法第九条のどこをどう読めば、日本が軍隊を持つことが許されるのか教えてもらいたい。憲法では許されていないけれど、国際情勢やらアメリカの圧力やらで自衛隊を保有せざるをえない――と、条文の拡大解釈の言い訳をするくらいならまだしも、これまでの自民党政権でさえ遠慮していた「合憲」を堂々と断定するのだから、ものすごい。それも、昨日まで自衛隊反対を党是《とうぜ》のごとくにしていた社会党の親玉だから驚かされる。戦争に負けたとたん、それまで軍国主義で凝り固まって国民を戦場へ駆り立てていた連中が、手の平を返したように民主主義万歳と叫んだようなものだ。日本人には確固たる信念だとか定見といったようなものはないのかね。

まあ、そんなことはどうでもいいが、浅見ちゃんの指摘した「ドアの間違い」は編集者の校正ミスということに責任転嫁して、増刷分から改訂しておいた。僕ほどの完璧な人格者でも間違いはあるものだと、つくづく自戒させられた。

間違いといえば、すごい間違いの手紙を貰った。「創工・能力開発研究所」というところの所長・保坂栄之介という人からのもので、署名入りだったから、いたずらや冗談ではないと思うのだが、文面はともかく、その宛て先がものすごい。いきなり、「取材のお願い　内惰康夫様」ときた。

――今回「お金持ちになる人はここが違う」というタイトルの本を執筆するよう依頼されていて、内惰康夫様の思いやお考えを話していただければ――といったような趣旨のことが書いてある。

一枚の文章の中に四か所も「内惰康夫様」が出てくるのには閉口した。あとで気が付いたのだが、サインペンで書いた封筒の宛て先まで「内惰康夫様」になっていたから、これは確信犯にちがいない。それにしたって、五度も「内惰康夫」が出て来て、しかも封筒の宛て先は肉筆で書かれているのに、誤りに気づかないという神経の太さは、社会党の憲法九条の勝手読みに匹敵する。

「惰」は怠惰の「惰」、惰性の「惰」――わが身を省みて、なんとなく当たってないこともないだけに、シャレにならない。いくらなんでも、たぶん間違いだと思うのだが、誤りを指摘したファックスを送ったのに、何の返事もないところをみると、いやがらせかもしれない。失礼な話だ。だいたい「お金持ちになる人は……」みたいな出版企画を考え、それもインタビューでまとめ上げようなんていうのからしてまともじゃない。ちなみに出版社は「オーエス出版」という中堅の出版社（保坂氏）だそうだ。もし浅見ちゃんにそういう取材の依頼がきたら、断ったほうがいいですよ。

「いやがらせ」といえば、ある雑誌に次のような文章が載っていた。執筆者は推理作家のIさんで、彼はテープに口述する方法で創作しているのだそうだ。

――前略――

このやり方では小説の大枠はもちろん、細部の構成まで、かなり詳しく決めてかからなければ対応できません。筆をすすめるうちに興がのり、自然に登場人物が動き出す、などという境地には無縁の方法です。

私は、推理小説なるものは、計算された緊密な構成の上にしか成り立たないものと信じています。「書いているうちにどんどん拡がって、とうとう犯人も変わっちゃった」などという話には軽蔑《けいべつ》しか感じないのです。

——中略——

——後略——

これを読んで、僕は「あれ、僕のことみたい」と思った。それはいささか被害妄想ぎみだが、そういう「境地」で筆をすすめていることは事実なのだ。Ｉさんはべつに「いやがらせ」を意図したわけではないのだろうけれど、「軽蔑」とくると、かりに僕でなくても、対象にされた作家は傷つくのじゃないかな。

それはともかくとしても、創作の手法には各人各様、いろいろなやり方があっていいと思う。推理小説はこうあらねばならない——と信念を持つのは自由だし、いいことかもしれないが、だからといって、他人のやり方を認めなかったり軽蔑することはなさそうなものだ。いや、胸の内で軽蔑するのは勝手だが、それを公表するのはあまり楽しいことではない。

それに、たとえ「計算された緊密な構成」といえども、構成する段階では試行錯誤しているのではないだろうか。最初にストーリーが思い浮かんだ瞬間から、トリックも犯人も、「大枠はもちろん、細部の構成まで」決まっているわけではあるまい。構成を考えているうちに、犯人が変わってしまうこともあるのじゃないかな。

Iさんに「軽蔑」されている作家（たち）は、それを創作・執筆の過程でやっている——もしくはやってのけることのできる人種なのだ。Iさん流もひとつの才能ならば、その流儀もひとつの才能といえないだろうか。世の中には、自分の才能のなさを棚に上げて、「テープに口述なんて、ロクなもんじゃない」と考える人もいれば、「ワープロでいい文章が書けるか」と思う人もいるけれど、他人の流儀を批判するのはともかく、公的な場所で「軽蔑」などと言ったりすることは、少なくとも良識ある人ならば、しないものだ。

推理小説にかぎらず、芸術・文化の世界で「かくあらねばならない」という決めつけは自ら墓穴を掘るような結果を招く。手紙にだって、いろいろな書き方があるだろう。拝啓に始まって、時候の挨拶、身辺の報告、用件……そして敬具で終わるといった具合に、決まったパターンを用いないと気のすまない人もいるだろうし、のっけから「おせん泣かすな馬肥やせ」と、思いのたけを伝える人もいる。それでいいのだし、そのほうが胸にジンとくるものを感じさせることもある。

とはいうものの、僕みたいに創作の裏話をあっけらかんとバラしてしまうのは、そういう「軽蔑」の対象になりやすいかもしれない。口を噤《つぐ》んでいれば、いかにも「緊密な構成の上に」創られた小説のように見えて、尊敬される可能性もあるものを……。

しかし、世の多くの「怠惰」なご同輩諸氏のためには、僕のような流儀でも小説が書けることは、大いに参考になると思う。内惰センセが言うのだから間違いはない。十月十四日から毎週末に開く倶楽部のセミナーでは、性懲りもなく、裏話を開陳するつもりだ。浅見ちゃんも一度聞きにくるといい。少しはましな文章が書けるようになると思う。

草々

浅見からセンセへ

拝復　セミナーのお招きありがとうございます。しかし、僕は僕の流儀で、それなりの文章を書いているつもりなので、先生の自己流に毒されるセミナーには、あまり近づきたくはありません。
それよりも、札幌で起きた事件の取材を急がなければならなくなりました。「カッパ」の多和田さんが年内に解決しろとのキツイご命令です。明日にでも札幌に飛ぶつもりでいます。ではお元気で。

敬具

コメ問題　そして…

一九九四年十一月

十一月の主なニュース

19日　貴乃花が連続優勝で横綱に昇進

25日　横浜市で茨城県つくば市に住む母子三人の死体発見、殺人などの疑いで夫を逮捕

27日　愛知県で中学生がいじめを苦に自殺。いじめ問題が深刻化

センセから浅見へ

拝啓　十一月に入ったとたん、急に冷えてきて、何やら心細い今日このごろ。ご母堂様ほか皆さんお元気ですか？　といっても、僕は十月末から四日までは、暖かい伊豆の網代でカンヅメ生活を送っていたので、軽井沢の寒さも知らず、帰ってきて紅葉のあざやかさに驚いた次第だけどね。

さて、年頭に景気よく「月刊内田」を宣言した本年も、早くも終わり近く、大言壮語は吐くものではない——という教訓を胸に、師走を迎えようとしている。

今年は浅見光彦倶楽部が軌道に乗り、会員数が一万二千を超えたり、会員だけに限定販売する『プロローグ』を出版したり、会員専用のクラブハウスを建てたり、おまけに、十月から年末まで、クラブハウスで「ウィークエンドセミナー」と称するイベントを主催したりと、倶楽部や会員のためにエネルギーを注ぎ込みすぎたきらいがあった。

それに、夏の暑いさかりに風邪をこじらせてダウン寸前というアクシデントもあったりして、執筆もいまいち捗《はかど》らなかった。省みて忸怩《じくじ》たるものがあるね。

　とはいっても、丸三ヵ月半に及ぶ著者校正の成果であるところの『沃野の伝説』（朝日新聞社刊）が、ようやく出版の運びとなって、ひとまずほっとしたところだ。いや、この作品にはかつてないほど入れ込んだといっていい。

　浅見ちゃんは探偵ごっこを楽しんでいればいいのだが、その尻拭《しりぬぐ》いをして小説に仕立てなければならない僕は、かくのごとくに苦労しているのだ。しかし、その苦労の甲斐あって、『沃野の伝説』はひさびさの大作に仕上がった――と、他社の雑誌で宣伝している僕は、われながら狡《ずる》いと思う。

　それはともかく、『沃野――』の創作を通じて、いろいろと勉強させてもらった。きみの適切な取材のお蔭だと感謝している。

　とりわけ、食管法の矛盾だとか「ノー政」といわれる農業政策のばかばかしさには呆れた。およそコメ問題に関するかぎり、消費者はつねにカヤの外、政府はもちろん、与党、野党も一緒くたになって農民票におべっかを使っていることを痛感した。

　そういえば、つい先日も、政府提案の段階で三兆円だった農業対策事業費が、農業団体と族議員の圧力であっというまに倍の六兆円にはね上がったというのがニュースになっていたね。あれなんかも、一般消費者には何がなんだか分からないうちのドサクサまぎれに決まったような話だ。最初の三兆円もそうだが、追加の三兆円も何のためにそんなものを支出しなければならないのか、キツネにつままれたような気がするばかりだ。都会の人間は自分たちに関係がない世界の話として、ほとんど気がつかなかったかもしれない。

しかし考えてもみたまえ、六兆円というのは日本の納税者一人当り六万円の出費に相当するのだぜ。被爆者に対する補償が全部で三百億円だったのとは比較しようがない。

もっとも、原爆被災と焼夷弾被災と、死んだ人間にとってどういう違いがあるのか、僕にはよく分からない。東京大空襲で死んだ何十万の被害者と遺族が差別される理由が分からない。社会党はどうせなら両方とも国家補償を請求すればよかったのに。

話が脇道に逸れてしまったが、その六万円についてだ。僕などは一日一食しかコメの飯を食べないから、年間にせいぜい三十キロあまり、金額にして一万五千円程度がコメに対する出費だ。つまり、四年分のコメ代をなんだか意味の分からない目的で、コメ農家のために支出することになる。おかしな話だ。

ご飯はほかの食品に較べて割安だなどという意見もあるけれど、じつはこのように、補助金だとか助成金、奨励金などの名目で、農業に対し、税金という形で出費を余儀なくされていることを忘れてはいけない。

というわけで『沃野の伝説』をきみにも送って上げる。振込用紙を入れておくから、なるべく早く送金してもらいたい。

敬具

浅見からセンセへ

拝復『沃野の伝説』拝受しました。僕の話を勝手に書かれた本に、なんだって僕が金を払わなければならないのか、それこそキツネにつままれたような話です。農業関係圧力団体よりはるかに強引のような気がしないでもありませんが、まあ、なかなかの傑作なので喜んで送金します。

前回の『軽井沢通信』で先生に指示されたとおり、札幌に行ってきました。十一月に入ってすぐ初雪に見舞われ、薄着で行った僕は震え上がりました。しかし実のある取材ができたと思っています。いえ、あくまでも「取材」であって「探偵」ではありませんので、僕から何か聞き出そうとしても無駄です。念のため。

取材の過程で気づいたことですが、札幌の歴史を書いた本に、札幌のどこそこは、明治何年に何のタレベエが開拓したのが歴史の始まりだ——といった書き方をしていました。どの土地についてもそう書いている。そのくせ「札幌はアイヌ語のサッホロからきている——」などとも書いてあるのです。つまり、どこの土地にもアイヌがいたはずなのに、その存在を無視して、まるで本土から渡ってきた人間が歴史を作ったとでもいうように表現しているわけで、ずいぶんおかしな話だと思いました。これでよく、どこからもクレームがつかないものです。

本土の人間が文字どおり土足で北海道に上がり込み、アイヌ民族の大地を勝手に区分けして収奪したような罪の意識を、本土人の末裔《まつえい》の一人として、感じました。現在、北海道の人口は五百七十万。アイヌはその一パーセント程度だそうですが、行政の建前としては本土なみに同化したといっても、やはり差別は残っているといわれます。

都会人が農業問題に無関心であるのと同じように、本土人は北海道――とくにアイヌの問題などには関心を抱きません。せいぜい観光でアイヌコタンなどを見物してくるだけでしょうが、これからはアイヌ問題を含めて、もっと北海道に目を向けるべきだと、つくづく感じて帰ってきました。

たとえば北海道開発庁の存在や役割について、僕などはいままでまったく関心がなかったのですが、その必要性に疑問を感じましたし、むしろ開発庁の抱える巨大な予算が、利権争いや汚職の温床となる危険性を持っているような気がします。農業問題にしろ北海道問題にしろ、政府は国民の見てないところで好き勝手をやっていて、それがなかなか表面化しないらしい。同じ日本国民でも、予算のばらまきの恩恵を受ける人々は、多少の疑問や不正のにおいがあっても、口を噤んでいますからね。

浅間山も初冠雪だったそうですね。夏風邪をひくような方ですから、冬の風邪は大丈夫かと思いますが、どうぞお体に気をつけてお過ごしください。奥様によろしく。

敬具

PS　キャリー嬢もかなりの年齢でしたね。しばらく会っていませんが元気ですか？

センセから浅見へ

前略「キャリー嬢も」の「も」は余計だね。僕は他人事だと思っているが、カミさんが気を悪くしているよ。きみも物書きの端くれならば、用語には充分、配慮したほうがいい。だいたい、年齢のことを言うのはくだらないよ。先日も、浅見光彦倶楽部のセミナーで、女性会員に僕の歳はいくつか訊かれた。男に歳を訊くなんて失礼なヤツだ。頭の中と外とでは年齢が違うことを教えてやらなければならない。もっとも、彼女は僕の歳を五つ六つ若く見てくれたから許してやった。

　会員といえば、会員同士の結婚第一号が誕生することになった。「平塚亭」を訪ねたのがきっかけで知り合い、「平塚亭」のおばさんが仲人をやってくれるのだそうだ。何にしてもめでたい。きみもそろそろ焦ったらどうかね。

　ところで北海道の事件簿は興味津々だね。その顚末はいずれ十二月末ごろ、本にするつもりだが、それはともかくとして、浅見ちゃんのアイヌ問題の話は傾聴に値する。考えてみれば、北海道への進出はまぎれもなく侵略だったのだな。

侵略といえば、またぞろ、大臣の侵略に関する問題発言があった。もういいかげんで、あの戦争が侵略であったことを認めればいいと思う。僕の子供のころ、ラジオから流れていた「ラジオ歌謡」みたいな唱歌みたいなやつに、次のような歌詞があった。

太郎よおまえはよいこども
丈夫で元気ですこやかに
おまえが大きくなるころは
ニッポンも大きくなっている
………

どうだ、傍線の部分で、はっきりと侵略の意図あるところを歌っているではないか。言論に対する国家統制のきびしい戦時下だよ。この歌は当然、文部省認定の、いわば国策奨励の歌として放送されていたのだから、国家が日本領土の拡大を政策に掲げていたことは疑う余地がない。

ただし、侵略を行なっていたのは先進各国すべてなのであって、日本より欧米の列国のほうがはるかに罪が深いのは、アフリカの現状を見ても明らかなことだ。日本の「侵略」によって、アジアにいたそれまでの侵略者どもが追われ、結果的に植民地の独立を促すきっかけとなったことも歴史的事実だと思う。

いや、だからといって、侵略の事実を歪曲《わいきょく》したり、戦争の正当性を主張したり、自己弁護したりするのはまずいが、謙虚に謝罪しながら、心の片隅で「日本も多少はいいこともしているんじゃないのかな」と思うくらいのことは許されてもいいと思う。そうでもなければ、戦争責任のないわれわれ以下の年代の人々は、あまりにも悲しいではないか。

ところで、十一月十八日の「軽井沢の晩秋を楽しむ会」に辰巳琢郎氏とともに、『天河伝説殺人事件』の映画できみの役をやった、あの榎木孝明氏が来てくれた。来秋十月からは、フジテレビ系列でも浅見ちゃんのドラマを放映することになって、榎木氏がきみを演じる。以前、彼と交わした約束を、これで果たせることになったわけだが、TBS系列の辰巳琢郎氏と両雄争うのがいいのか悪いのか、どうなっても僕のせいじゃないからね。　草々

PS　その榎木氏と十一月三十日、『怪談の道』の鳥取県倉吉市に行くことになった。当地の青年会議所の主催する公開座談会みたいなものに出席するのだが、きみもよかったら行かないか。

浅見からセンセへ

僕のせいじゃない——って、何もかも先生が仕組んだことでしょう。困っちゃうなあ。テレビを観たひとは、いったいどの顔が僕なのか、混乱しますよ、きっと。初代が国広富之氏、二代目が篠田三郎氏、その次が水谷豊氏で、水谷氏が僕に似ていないからって、辰巳氏に変わったと思ったら、今度は榎木氏だなんて、まったく浮気なんだからなあ。僕としては、みんな二枚目だから文句は言えないけれど、読者がなんて言うか、ほんと、僕は知りませんよ。それから、倉吉へのお誘いは、折角ですが都合がつきません。東郷湖畔の『養生館』のご主人によろしくお伝えください。

さようなら

センセから浅見へ

前略「さようなら」という言葉には、突き放されるような冷たいひびきがあるよね。僕と浅見ちゃんとは一蓮托生《いちれんたくしょう》の運命共同体なんだから、これからも仲良く頼みますよ。

そうそう、倉吉がだめなら、十二月十日、京都へ行かない？　京都取材のついでに、『丸善』でサイン会をすることになった。ケツネウロンぐらいはご馳走するよ。

草々

センセから読者へ

拝啓　十八回にわたってご愛読いただきました『軽井沢通信』は今回をもってひとまずお休みします。私事を勝手気儘《きまま》に書かせていただき、公器を私物化したようなうらみもなきにしもあらずですが、励ましのお便りなど、暖かいご声援を頂戴いたしましたこと、感謝にたえません。

マンネリにならないうちに幕と閉じたいと思いながら、なかなか踏ん切りがつかず、引っ込みのタイミングを失《な》くした大根役者のように思われたのではないかと内心、忸怩たるものがあります。

連載中に川嶋日出男さんの事件のことを知り、浅見クンに取材を頼み、往復書簡の形式で逐次ご報告しましたが、いまもなお川嶋さんは獄中にあるのが残念。そのときどきのいろいろな問題について、勉強にもなり、考えさせられることの多かった仕事でした。

またいつかお目にかかれる日を期待しながら、ワープロのキーを叩いております。どうぞお元気で。

敬具

浅見から読者諸氏へ

前略　というわけで、軽井沢のセンセとの往復書簡の公開もこれが最後となりました。センセは文面を見るかぎり、ずいぶんわがままで胴欲な人物であるかのような印象をお受けになったことと思いますが、実態はそんなことはありません。多少八方美人的ですが、シャイで、女性や弱者に優しくて、そのくせ気に入らないとなると、警察でも何でも噛《か》みつく、戌《いぬ》年特有の性格です。どうぞ誤解をしないであげてください。本人が言っているのですから、間違いはありません。

それでは皆さん、旅先のどこかで、いつかお会いしましょう。

草々

角川文庫版 自作解説――その後のあれこれ――

本書『軽井沢通信』は一九九三年四月から一九九四年十一月にかけて、角川書店から発行されていた雑誌「野性時代」に十八回にわたって連載された浅見光彦と軽井沢のセンセとの「往復書簡」をまとめたものです。それからちょうど丸四年経って、この「解説」を書いているわけですが、じつはこの四年というのには重要な意味があります。

『軽井沢通信』を書き始めたとき、往復書簡に取り上げられた「K事件」の被疑者「K」さんは、その時点ですでに十二年間、拘置されていました。ところで「K」さんが受けた判決は懲役十六年。つまり、いまはその「刑期」を過ぎているのです。だがKさんはいまだに獄中にあります。僕は推理作家のくせにきわめて不勉強な人間ですから、このカラクリの理由がよく判りません。これとよく似たことは、先般の三浦和義のケースにも見られました。三浦は殺人事件の容疑では「無罪」を獲得しましたが、殺人未遂容疑では有罪が確定、刑期どおり懲役六年を執行されることになり、収監されました。しかし、三浦の身柄が拘束されたのはなんと十三年前。刑期はとっくに満了しています。どうも司法のやってることはさっぱり理解できません。

Kさんの事件では、この本の中でも書いている「撃針痕」の謎について、検察も裁判所もまったく釈明をしないまま結審し、被告弁護団や「Kさんを救う会」の人々の疑問に背を向けつづけています。いや、日本テレビなどのマスコミも公式に疑問を呈しているにもかかわらず、まったく何の弁明も行おうとしません。司法ってやつはどうしてこうも頑《かたく》なのでしょうか。百歩譲って、かりに判決が正しかったとしても、とっくに刑期を過ぎている人間に、せめて仮釈放ぐらいの「温情」を施して、損はないと思うのですが。

そうかと思うと、このところの警察の失態つづきには情けなくなります。和歌山のカレー事件では、「中毒」の原因がヒソであることを突き止めるまで、八日間もかかっています。「文藝春秋」に発表された論文の、中学三年生の少女がたった一人で、事件発生直後から抱いた疑問に立ち向かい、理路整然とヒソ中毒の可能性を探り当てた事実と比較すると、その無能ぶりがよく分かる。強大な組織と膨大な人員と近代的な捜査機能を駆使する警察の実態が、いかにあてにならないかを思い、当局者は恥じるべきです。もっとも、マスコミを含め、評論家や科学者の誰もが気づかなかったのですから、警察ばかりでなく、おとなどもはこの天才少女の前に脱帽しなければならないということでしょう。

僕が住む長野県の須坂《すざか》市でも、コンビニのウーロン茶に青酸カリを混入させるという事件が発生しました。ところが、この事件が発覚する前日、ウーロン茶を飲んだ男性が隣町で亡くなって、病院は不審死と見て警察に届け出たのですが、警察は解剖までしていながら「病死」で片づけてしまった。和歌山で事件が起きて、類似犯の発生を警戒している最中に、この失態です。青酸カリによる中毒死は、ヒソなどに較べれば、はるかに判定し易《やす》いはずなのに、です。

こういう失態や間違いを犯しているのだから、警察も司法も自分たちが完璧な存在でないことを認識して、もう少し謙虚になれば、冤罪事件などはかなり減少するはずです。警察のやる事、おカミのやる事に間違いはないなどと見栄《みえ》を張らないほうがいい。そうすれば、視野も広がり、物事の本質もよく見えてくるはずです。

それにしても不思議なのは、こういう冤罪事件（と思われるもの）に対して立ち向かうのは、決まって共産党系の人々だということです。あるいはそうではなく、実際はごくふつうの人たちも参加しているのかもしれませんが、もしそうだとしたら僕の認識不足をお詫《わ》びするとして、この「K事件」のことを持ち込んできた「I」さんもやはり京都の共産党に属する人らしい（お会いしたこともないので、「らしい」と憶測でしか言えません）。被告人の関係者を別にすれば、たぶんほとんどの人がそういう「主義」を背負っているような気がします。それでは、そうでない人々――たとえば僕のように、いかなる思想や主義や宗教にも属さない人々――は、まるでそういう出来事に無関心かといえば、決してそんなことはないと思います。そんなことはないけれど、実際に行動を起こしたり、支援したりすることにさえ二の足を踏みたがる。それが僕を含めて、平凡な庶民の感覚であり現実の姿なのでしょう。

こういう「支援」の背景には、売名目的や党勢拡大の目的があると勘繰る人もいるでしょう。あるいはそういうこともあるのかもしれません。しかし、たとえそうだとしても、無償の、文字通り手弁当で、十六、七年ものあいだ、コツコツとひたむきに情熱を傾けつづける人々がいるという事実には、率直に頭が下がります。

さて、『軽井沢通信』はこの「K事件」をタテ糸にして、世相のあれこれや、僕自身の日常生活の様子を書いています。わずか一年九ヵ月の短い期間ですが、僕の周辺だけでもずいぶんいろいろな出来事が起きているものです。九三年七月には「浅見光彦倶楽部」が誕生して、現在は会員数が一万人を超えています。また、八月にはなんと、角川春樹氏がコカイン疑惑で逮捕されるという、驚天動地の大事件が発生しました。そのことに軽井沢のセンセはかなりの枚数を割いて論評を加えています。いま読んで、そのときの感慨はいまも少しも変わっていないことを思いました。ことに、マスコミのありようについて言及しているのは、我ながら鋭い考察だと思います。

九四年七月には軽井沢に浅見光彦倶楽部のクラブハウスが完成しました。総工費一億円——馬鹿じゃないかと言われもしましたが、一万人もの熱心なファンのために僕ができることといえば、小説を書くことと、この程度のことしか考えつかないのです。いまでは軽井沢の新しい名所のようになって、会員ばかりでなく、一般の「浅見光彦ファン」も訪れます。「浅見光彦」をサカナに、見知らぬ同士が仲間になって、ともだちの輪を広げているようです。

「野性時代」での連載を終えてから四年が経過しました。その四年間には悲しい出来事が多かった。作中に出てきた「浅見光彦倶楽部の中山サン」こと中山さち子が急性肝炎で亡くなったのを始め、カミさんの父親、そして愛するキャリーも亡くなりました。さらに今年（九八年）に入ってからは、やはり作中に紹介した「車椅子の少年」こと勇気クンが逝去。去年は僕が悪性の帯状疱疹《ほうしん》に罹《かか》り、一年四ヵ月経過した現在もなお痛みが残っています。そうそう、忘れてならないのは『軽井沢通信』を連載した「野性時代」が休刊になったことです。そして、そういう有為転変の中にあってなお「Kさん」は獄中にあります。

一方、楽しいこともないわけではありません。カミさんが次々に作品を発表して、ちょっとした「物書き」っぽくなってきました。最近では僕も圧倒されるほどの勢いです。また、ことし三月二日から九十八日間世界一周の船旅に夫婦揃って出掛けてきました。カミさんにとっては初めての海外旅行だし、飛行機嫌いの僕も似たようなものです。取材を兼ねた旅行でしたが、作家生活十六、七年。お互いよく働いたと、自らにボーナスを与えたといったところでしょうか。もっとも、その「長期休暇」の後遺症として、執筆の大幅な遅れが発生し、各出版社、編集者に迷惑をかけました。

編集者といえば、当時の僕の担当者であった高柳クンがニッポン放送に転職したのは作中で書いたとおりですが、次の郡司クンもセクションが変わりました。ところが、面白いもので、郡司夫人の「カニさん」が文藝春秋社にいて、今度始まった「週刊文春」の連載を担当するという、不思議なめぐり合わせになりました。また、浅見光彦倶楽部のスタッフと一緒に吉野・天河へのドライブ旅行をした「中央公論社」の新名クンは、その後、角川書店に移り、現在は取締役に昇格した大和氏の下で僕を担当してくれています。また、一時失脚した角川春樹氏は、その後「角川春樹事務所」を創設。僕の「伝説シリーズ」十二作を完全本として刊行。その中には新たに書下ろした『崇徳《すとく》伝説殺人事件』も含まれています。

こうして時は移り、人は変わり、「軽井沢のセンセ」の周辺も、慌ただしく動いています。浅見クンとの付き合いに変わりはありませんが、最近は彼と会うチャンスも少なくなりました。かつて『熊野古道殺人事件』で同行したような、楽しい事件が起きるといいのですが。

一九九八年十一月

内田康夫

自作解説ふたたび

『軽井沢通信』が雑誌に連載されてからちょうど二十年が過ぎました。振り返ると、二十年という歳月の重みを感じると同時に、その流れの速さには驚くばかりです。

ちなみに、別掲の「自作解説」で、Kさんはいまだ獄中にあると書きましたが、二〇〇〇年にようやく仮釈放されたそうです。しかし、その後も再審請求は棄却され続け、「無罪」を勝ち取れてはいないといいます。それにしても二十年前といえば、浅見光彦倶楽部のクラブハウスが軽井沢に建った年でした。先の「自作解説」は連載終了の四年後に書かれたものですが、僅か四年という短いあいだにもさまざまな出来事が起きている。まして二十年間の世相の有為転変はすさまじいものがあります。その中で変わらなかったのはわが浅見光彦クンだけ。その浅見クンでさえ、四ヵ月前に「最後の事件」と銘打って刊行した『遺譜《いふ》』で、三十三歳から三十四歳へと変化を遂げました。僕が『死者の木霊』でデビューしたのが一九八〇年で、三十四年後に浅見クンが三十四歳になったというのは、何となく計算が合ったような、奇妙なめぐり合わせといえます。

このところ、古い自作を読み返すことが多いのですが、『後鳥羽伝説殺人事件』で初登場した頃と現在の浅見クンがあまり変わっていないのには感心させられます。いつまでも若々しい。歳のことには触れたくないけれど、本書が出る頃には傘寿《さんじゅ》になる僕としては、浅見クンとの年齢差のことを思わないわけにいかない。「往復書簡」を交わした当時の僕は「四十六、七歳」の設定で、すべての作品に登場する「軽井沢のセンセ」はそれに準じているけれど、これは浅見陽一郎氏とほぼ同年であって、浅見クンはともかく、エリート官僚と同じ感覚を維持しなければならないのは、なかなか大変な作業なのです。

傘寿といえば、美智子皇后が傘寿になられたというニュースがありました。それからほぼひと月遅れで僕も傘寿になる。「それがどうした」と言われればそれまでですが、美智子皇后と同い年というのは何となく嬉しいもの。ちなみに、一九九七年に美智子皇后と相前後して僕も帯状疱疹《ほうしん》に罹《かか》った。ご存じかどうか、あれは辛《つら》い病気です。七転八倒しながら、強がりと悔し紛れに「高貴な人は帯状疱疹になるのだ」と威張りちらしたものでした。同病相憐《あわ》れむ——とは申しませんが、そういうこともあって、僕は美智子皇后ばかりでなく、皇室には親しみを感じるタイプの人間です。今上天皇が少年時代、沼津の御用邸に疎開なさっていた当時、すぐ隣の静浦という村に学童疎開していて、同じ海岸で泳いでおられる「皇太子様」を遠望したのも忘れがたい思い出です。

だからといって、僕は右寄りの人間というわけではありません。現在の安倍内閣が集団的自衛権や特定秘密保護法などの「悪法」を推し進めようとしていることに強い懸念を抱いています。幸い浅見クンも僕と似た考えの持ち主で、「浅見ジャーナル」にもその主張を掲げています。兄の陽一郎氏は警察庁刑事局長という立場ながら、根本的なところでは、日本の右傾化をひそかに憂えているようで、心強い。しかし、政治権力というやつは国民の意思とは違う方向に突っ走る危険性があります。ロシアのウクライナへの介入なども、明らかに「集団的自衛権」の濫用です。自国民の安全のために——という口実で戦争を始めるやりくちは、かつての日本陸軍でも行われた手法です。その流れに抵抗しようとする動きを「特定秘密保護法」で封じ込める――。そういう機運が暗雲のごとく広がりつつあるのを感じます。僕らの時代は間もなく終わりますが、それを引き継ぐ浅見クンたちの時代に期待する、今日この頃であります。

二〇一四年十二月

内田康夫

本書は『軽井沢通信』のタイトルで、一九九五年六月に角川書店より単行本として、一九九八年十一月に角川文庫として刊行されたものです。

小社文庫版刊行に際して、「二十年目のまえがき」「自作解説ふたたび」が加筆されています。

なお、本書に収録した各月のニュースは、『読売年鑑』'94年度版、'95年度版を参照して作成しました。

（編集部）

実業之日本社文庫　最新刊

赤川次郎
死者におくる入院案内
殺して、隠して、騙して、消して――悪は死んでも治らない？　「名医」赤川次郎がおくる、劇薬級ブラックユーモア！　傑作ミステリ短編集。（解説・杉江松恋）
あ18

梓林太郎
富士五湖 氷穴の殺人　私立探偵・小仏太郎
警視庁幹部の隠し子が失踪!?　大スキャンダルに発展しかねない事件に下町探偵・小仏太郎が奔走する。傑作トラベルミステリー！（解説・香山二三郎）
あ36

内田康夫
浅見光彦からの手紙　センセと名探偵の往復書簡
ある〝冤罪〟事件の謎をめぐり、名探偵と推理作家の間を七十九通の手紙が往来した。警察と司法の矛盾に迫る二人は、真相に辿り着けるのか――!?

う14

知念実希人
仮面病棟
拳銃で撃たれた女を連れて、ピエロ男が病院に籠城。怒濤のドンデン返しの連続。一気読み必至の医療サスペンス、文庫書き下ろし！（解説・法月綸太郎）
ち11

鳴海 章
失踪　浅草機動捜査隊
突然消えた少女の身に何が？　持ってる女刑事・稲田小町の24時間の奮闘を描く大人気シリーズ最新刊！書き下ろしミステリー。

な26

二階堂黎人
東尋坊マジック
東尋坊で消失した射殺犯と、過去の猟奇犯罪。日本各地で幾重にも交錯する謎を暴くのは――イケメンにして博学の旅行代理店探偵！（解説・山口芳宏）
に31

葉月奏太
ももいろ女教師　真夜中の抜き打ちレッスン
うだつの上がらない中年教師が、養護教諭や美人教師と心と肉体を通わせる……。注目の作家が放つハートウォーミング学園エロス！

は61

東山彰良
ファミリー・レストラン
一度入ったら二度と出られない……瀟洒なレストランで殺人ゲームが始まる!?　鬼才が贈る驚愕度三ツ星のホラーサスペンス！（解説・池上冬樹）
ひ61

水沢秋生
運び屋　一之瀬英二の事件簿
爆弾、現金、チョコレート……奇妙な届け物を手に東奔西走する「運び屋」の日常はこんなにミステリアス！　注目作家が贈るミステリー。（解説・石井千湖）
み61

実業之日本社文庫 う14

浅見光彦《あさみみつひこ》からの手紙《てがみ》 センセと名探偵《めいたんてい》の往復書簡《おうふくしょかん》

2014年12月15日 初版第一刷発行

著 者 内田康夫《うちだやすお》

発行者 村山秀夫
発行所 株式会社実業之日本社
〒104-8233 東京都中央区京橋 3-7-5 京橋スクエア
電話 [編集]03(3562)2051 [販売]03(3535)4441
ホームページ http://www.j-n.co.jp/
ＤＴＰ 株式会社ワイズファクトリー
印刷所 大日本印刷株式会社
製本所 大日本印刷株式会社

フォーマットデザイン 鈴木正道(Suzuki Design)

＊本書の一部あるいは全部を無断で複写・複製（コピー、スキャン、デジタル化等）・転載することは、法律で認められた場合を除き、禁じられています。
また、購入者以外の第三者による本書のいかなる電子複製も一切認められておりません。
＊落丁・乱丁（ページ順序の間違いや抜け落ち）の場合は、ご面倒でも購入された書店名を明記して、小社販売部あてにお送りください。送料小社負担でお取り替えいたします。
ただし、古書店等で購入したものについてはお取り替えできません。
＊定価はカバーに表示してあります。
＊小社のプライバシーポリシー（個人情報の取り扱い）は上記ホームページをご覧ください。

©Yasuo Uchida 2014 Printed in Japan
ISBN978-4-408-55198-2（文芸）